罰

式人生。

Yen-J

in San Francisco

TRACKS

我相信什麼？我相信音樂，我相信真愛，我相信夢想成真，我相信努力，我相信該是我的就會是我的，我相信老天在等待成熟的時機讓我登上月球。

Breakfast
All Day

Yen-J in Mission St.

幻夢之中，我來到了入夜之
Mission Street。

路燈昏暗，行人來來往往，
在追尋著什麼。我呢？

從台灣來到音樂原點的我，
追尋什麼？或許，只有音樂
帶來解答。

我毫不猶豫拿出伸縮喇叭，
一人，堅定吹奏著音符，屬
的故事隨之傾洩而出……

人生不過一場夢，
只希望夢醒後，
可留下些什麼。

瓦倫西亞街

VALENCIA STREET

我的第一場街頭即興演出

TRACK // 1

太陽眼鏡，
能讓流淚的人，看起來像流氓。

靠著一面彩色的牆，
想像自己是變色龍。

我們人最終，最重要的是什麼？
有比快樂更重要的東西嗎？

應該這樣說，有東西是值得你不快樂的嗎？

VALENCIA

STARTS
HERE
MEN's
PANTS
SHOES

等衣服烘乾，
是練習哲學的時間。

看到洗衣機的投入口，
想把自己的身心靈也放進去洗一洗。

ATTENTION
Please Check Washers & Dryers for
Personal Belongings Before Leaving
Management is Not Responsible for Clothes Left in Machines

STORE HOURS
6:00am to 10:00pm
Last Wash 9:00pm

PLEASE NOTE
Instructions for Big Machines
1. Put the Soap in the Machine
2. Place Clothes in the Machine
3. Insert Money
Soap
Clothes
Money

MAXI LOAD
DEXTER
MAXI LOAD

F
J
H

TOBACCO · PI
CLASSICS
THE EXPLORER GENE
CARL SAGAN
FULLER
CRITICAL
WERNER

415-

讀書，是睡午覺的前戲。

想要刻意做些什麼，反而不自然，
墨鏡，伸縮喇叭，卡車，在同一張照片，是多了些。

BUMP

我的第一場
街頭即興演出

觀光客穿梭在個性小店，塗鴉客在巷弄裡努力創作，偶有 homeless 的人推車走過，這是瓦倫西亞街（Valencis St.），藝術家群聚的角落。這也是我曾經開車經過，卻從未真實踏上的地方。這裡的空氣有一種獨特的魔力，鼓舞著每一個人變成街頭藝術家，還因為時差而感到暈眩的我也受了影響，想也沒想，便直接拿出行李中的伸縮喇叭，就這樣站在街頭，對著來往的群眾吹奏音樂。

當〈玫瑰人生 La Vie En Rose〉的前奏響起，那一瞬間，整個世界好像都安靜下來了。

不久之前還在台北的我，如今卻站在舊金山的瓦倫西亞街，變成了即興演出的街頭藝人。這種感覺好不真實，彷彿在夢遊似的。這不是我第一次在街頭演出，卻是我第一次獨自表演。以往，在聯合廣場（Union Square）表演時，我的身邊總有樂團，但如今只有我——這也是我第一次在街頭的「即興」演出……

我在十歲的時候來到美國生活，十一歲時開始學習音樂，但並不是很認真地學。更早在台灣時，我其實不愛音樂。媽媽送我去上古典鋼琴課，我不喜歡，覺得自己對音樂一點興趣也沒有。於是，所有的課程，在老師要求下，我都被動地面對、被動地學，後來我告訴媽媽我心裡的想法，就不曾再學了。

誰知道，到了美國後，一個爵士鋼琴家卻點燃了我心中對音樂的火焰。

有一天，一名叫做 Max 的老師，帶著一整個樂團來到學校演出。還是小學生的我，看完他現場的一段 solo 演出，深受震撼——哇喔，我從沒想過鋼琴可以這樣子彈奏。彈完後他說了一句話：「It's all improvised.」我立刻問隔壁同學，什麼是 improvised？後來才知道是指「即興」，也就是不用看譜的演出。

以前學音樂，我最討厭看譜，但心裡清楚，如果可以不用看譜直接彈琴，一定很過癮。那天放學回家，我告訴媽媽：「我今天在學校聽到一種叫做 Jazz 的音樂，我很想多聽一點。」於是我媽就陪我去唱片行買了幾張 Jazz CD。從那一刻開始，我就一邊播放 CD，一邊彈奏鋼琴，去模仿剛聽到的曲子。

這一位 Max 後來成為我國中的音樂老師，雖然只有短短的一年，卻影響我很深。他也是伸縮喇叭樂手，他的家族都玩爵士樂，他爸爸是一個爵士鋼琴家，叫做 Simon Perkoff，有一段時間我也反覆聽著他的專輯。

小學時聽到的那場即興 solo，讓我發現音樂可以很自由。剛開始學音樂時，不管是古典音樂的體系，或是學校的音樂課程，都讓我覺得音樂很不自由，有太多的規律與規範需要遵守。但爵士樂不是。對我而言，爵士樂就是一種表達方式，和說話一樣自然，我也為此愛上爵士樂。

有些人學習樂器，總伴隨著痛苦過程，但我沒有相同感受。我覺得熱情會戰勝一切負面的情緒，如今我回想來時路，也沒有憶起什麼不快樂的時光。或許是因為我的心態上從不曾想 master 音樂。對我來說，音樂像是電玩遊戲一樣，很好玩，彷彿每過一關卡就可以學到一項新技能，讓自己更厲害一點點。

如今我成為音樂人了，還是跟以前一樣，把音樂當作遊戲，認真地玩，也還是很不愛看譜。有時因為表演，必須演奏第一張專輯的歌——畢竟已經過了四年，我前後寫了超過五百首的歌——而經常忘記歌的和弦。練團的時候，我的好朋友（他是 keyboard 手，也經常是我的音樂總監）總會不可思議地對我說：「你怎麼能夠忘記自己的歌！」

雖然我經常彈奏到一半，就停下來，詢問他們我那時用了什麼和弦，但演奏時我都是靠耳朵專心聽，一切不成問題。當然，演唱會時就會格外注意，去記憶和弦的使用。現在，若是我聽到以前寫的歌，可能就會在練團的時候更改和弦，因為我希望我的歌沒有固定的樣子。音樂應該是活的，每一個階段都不太一樣。所以啊，跟我一起巡迴的夥伴總是非常辛苦，他們不僅得先抓好譜，練團時還得面臨和弦更改的命運，後來的演奏往往都和一開始規劃時完全不一樣，但都是很棒的演出、很棒的音樂。

即興很好。我喜愛即興的演出。

其實，我原本想以饒舌歌手出道，因為饒舌與爵士比較接近，就是 speak：你要如何說故事給大家聽。饒舌的本質，除了即興之外，最重要的就是如何透過節奏感去表達，而這會和當初學音樂的經驗連結在一起。

但唱歌不一樣。

出道四年了，在這個階段，音樂本身不曾為我帶來任何壓力，但唱歌會。心態上，我始終認定自己是一個樂手。身為樂手，只是整個樂團之中的一員，如今身為歌手，我卻站在了 spotlight 正下方，聽眾都注意的那一個人。加上我的個性低調，這讓我剛出道時很不自在。

I′10 Lifestyle of Yen-J

而唱歌有技術面的要求，但我的唱法一直很 free，後來，公司安排很多老師，從聲樂老師、指導 Justin Timberlake 的老師，再到洛杉磯學 speech level singing，每一個門派都學了，而每一個門派的技巧也偷偷地在我身體裡面發生影響，但直到今年小巨蛋演唱會，才覺得自己終於開竅了。

我當時好感動，因為我終於發現唱歌可以跟講話一樣自然。我等了好久。

而小巨蛋演唱會對我來說是很大的突破，我心裡一直認定那是我的畢業典禮——有一種在「相信音樂」就讀四年，學習了各式技藝，終於要驗收、畢業的感覺……

四年之後，在我醞釀第五張專輯的此刻，我帶著音樂回到了舊金山。或許是因為回歸原點，回想起第一次聽到即興 solo 演出的感動；也或許是我在小巨蛋演唱會的洗禮下，已經變成了一個更自然的音樂人。如今，我獨自站在瓦倫西亞街，面對著如此陌生卻又熟悉的街頭還有來往的行人們，心中沒有膽怯，也不曾有害羞的念頭。

我真心希望他們都聽見我內心的音樂，我要我的聽眾聽見一場美好的即興演出。我持續吹奏著，指尖感受到伸縮喇叭傳來的共鳴，當我與聽眾們眼神交會，我知道他們都聽見了我心中的歌。

就這樣，我找回了音樂所曾帶給我的，最初的感動。

14

T
STORE
MISSION THRIFT
QUALITY USED CLOTHING
ROPA US

TRACK // 2

C H I N A T O W N

在　異　鄉　變　成　故　鄉　之　前

中國城

TOW-AWAY
NO STOPPING
4 TO 6 P.M.
EXCEPT SAT. & SUN.
FOR TOWED CARS
PHONE 553-1235
NO PARKING
2AM TO 6AM
TUES THURS
STREET SWEEPING

三藩市的路，
充滿著小坡，
我的心，
不常波動。

2 YD
6621
7044
5826
3 YD
6 273

回眸不笑。

RIGHT LANE

49
SCENIC
DRIVE
ANY
TIME
EXTRA TOUGH
NEIGHBORHOOD
TECHNICAL APPAREL
CRAFT WITH PRIDE.

我也可以單獨閉左眼，
只是不能指望變成這本書的封面。

在異鄉
變成故鄉之前

踏入中國城（Chinatown），覺得一切的文化組合很有趣，如果以前有機會帶美國的同學來玩，或許就能向他們介紹一些關於我身分與文化的故事。不過，那也必須在我真正學會說英文之後，才有辦法吧……

記得正式搬家之前，我在前兩年暑假先飛來美國看姊姊，因此那時對灣區的環境，以及我們所住的城鎮就有了基本的認識。我們住在金門大橋的另一頭，一個比較類似鄉下的純樸地方，不像市區那麼繁榮。第一次見到那裡，感覺很漂亮，那時我才國小三年級。

知道要從台灣搬到美國，其實心裡非常抗拒，畢竟已經習慣在台灣生活了，我有自己的朋友、我有自己的同學、我能夠自己從學校走路回家……這些都代表著童年以來所建立的生活習慣，我不想改變。後來看到兩個姊姊都搬去美國了，大概知道自己也逃不了，就這麼接受了。小學四年級，也就是我在美國的第一年，實在很難適應。

第一天上學的記憶其實很混亂，我還記得那個老師的名字和模樣，她是一位年紀有點大的黑人太太，這對那時候剛從台灣過去，不曾見過不同人種的我來說，是很不一樣的經驗。那一天，我一直處在很慌亂的狀態，午休的時候我很緊張，看著其他人都有認識的朋友一起吃飯，而我只能獨自坐在板凳上吃三明治，呆呆地看著別人打籃球，我卻連籃球要怎麼玩都不知道。

我很怕丟臉，但在學校的時候，我又一直丟臉。因為完全聽不懂別人說什麼，我只能夠模仿隔壁的同學，像是老師說翻到課本第五十二頁，我不知道那是什麼意思，看到隔壁朋友翻到了第五十二頁，趕緊學他翻過去。就這樣，有上學等於沒有上，你去那邊什麼都聽不懂，幸好學校有專門幫助我們這類學生的 ESL 課程，我就從那邊學習基本的英文語法，回到家，兩個姊姊也都當我的家教，幫助我作作業。

我常想，為什麼如今在舞台上的自由感，對我很重要，因為我小時候剛到美國的生活，由於語言的關係，始終不滿足，難道心靈並沒有真的自由？。

現在的我個性很悶騷，是一個 OS（內心獨白）很多的人。平常我話不多，但腦袋一直轉一直轉，聽人講事情也會回話，只是那些話我不會說出來，好像是在看戲似的，一直和對方有心靈上的互動，這些經驗後來都是讓我變成創作型歌手的契機。我把心裡面的話都寫成字，獨白好多好多，也因此我的歌詞通常字都比較多。很多人看我表演，都覺得和我本人有反差，因為我本人都很安靜。

但你知道嗎，最早的我，不，去美國之前的我其實不是一個安靜的人。我在學校甚至是康樂股長，以前看電視最愛吳宗憲的節目，還記得自己很愛看《超級星期天》。因為喜歡綜藝節目，我很會搞笑，覺得自己是很綜藝的人。但到了美國之後，我一個笑話都講不出來，因為連英文都講不好。一旦開口，又害怕別人聽不懂自己的口音，於是我就變得比較安靜，性格也就此改變了。

到了第二年，也就是五年級的時候，我忽然聽得懂英文了，當然作業還有有很多必須加強的地方，但至少我擁有基本的溝通能力了。這時，我遇到人生中最好的朋友 Tim，他住在我那條街的街底，會認識他，是因為學校的 talent show。

那時我在鋼琴上彈奏樂曲，其實也不是很會彈，就是把之前在台灣學的東西好好表演一次而已。但是 Tim

上台彈了《不可能的任務 Mission: Impossible》主題曲，讓人印象深刻！學音樂的人都知道，那曲子是54拍，不是正常44拍，而且節奏非常複雜，我就在台下看著這個小朋友彈奏鋼琴，覺得這傢伙好厲害。後來上國中，我們也在同一間學校，甚至參加同一個爵士樂團，那時他打鼓我吹長號，每天下課就會為了小樂團聚在一起。就這樣變成了非常好的朋友。

慢慢的，我能夠適應美國的生活，也擁有了一些朋友，不再像四年級時一樣封閉了。

住在舊金山市區的華人，如果要回憶家鄉味，通常就往 Chinatown 走，但我對大華超市比較有印象。媽媽總是帶我去那裡買菜，她也會在那邊選購來自台灣的調味料和炒菜時用得到的素材。我到現在都記得大華超市那邊的漫畫店，那裡可以租從台灣送來的漫畫書。所以，每次我媽進去買菜，我就到漫畫店裡面看漫畫。一本接著一本，直到媽媽要回家了，才依依不捨離開。回頭想想，都要多虧這間漫畫店長期提供好看的中文漫畫書，我的中文才沒有退步得太慘。

那些在美國時，必須透過大華超市才得獲得的家鄉慰藉，都在休學後，我再次踏上台灣土地的那一刻，得到了真實的補償。

我真的回家了。剛回來，我沒有找房子，就住在高雄，我記得童年的事情，也會去小學去看看，就覺得很有家的味道。還記得那時剛好是我十九歲的生日，我們全家都在高雄吃牛排慶祝，而那天也是我最後一天吃到牛排。因為吃牛排之前，我媽帶我去算命，師父說如果我回來台灣要拼事業，那麼五年之內，就得戒除吃牛肉的習慣。

不會吧！當時覺得五年好漫長，如今卻覺得好快就過去了。

慶祝完生日，也該面對真實人生，去實現我回來台灣的任務和夢想。因為所有娛樂圈與唱片圈都以台北作為基地，於是我隻身前往，就這樣搬到台北，一切又從零開始。現在，如果有人問我家在哪裡，我會直接回答我的家在高雄。畢竟我有整整十年時間，也就是整個青少年時期，都待在美國，那裡也是家，但終究不是我想留的地方。

家的定義，對我而言是最後想要回去的地方。我最後不會想回美國，如果我退休，人也都無憂無慮了，那我最想住的地方應該是高雄，而那也是我心目中認定的永遠的家。

走過 Chinatown，在一些店家聽見帶點中國風情的音樂，也在某些角落看見華人明星的巡迴演唱會海報。我想起了青少年時期的大華超市，那邊都會放台灣的流行音樂，我曾在那裡聽過張震嶽和五月天的歌。最後一次去大華超市的時候，竟然有人跟我媽講，那裡播放了我的專輯。想來真是不可思議，小時候總是去那裡聽別人的專輯，如今，卻有人在相同的地方聽見我的歌曲。

這種感覺好奇妙，不知道會不會有我的歌迷，和小時候的我一樣，都搬家到了美國，卻在某個想家的時刻，在大華超市聽見了我的歌曲，而感到一絲家鄉味？

希望我的歌也能帶給你一些慰藉，給那些正在思念家的朋友。

NO
PARKING
ANY
TIME

藝術宮

PALACE OF FINE ARTS

在祕密基地玩音樂的少年

伸個懶腰，
發現偉大的建築。

睡覺時，
羅馬柱子很可靠。

在祕密基地
玩音樂的少年

高中的時候，曾來到藝術宮（Palace of Fine Arts）裡的表演廳演出，舞台上的專業設備，台下滿座的觀眾，讓我至今都印象深刻。

如今，重返 Palace of Fine Arts，表演廳恰巧沒有開放，在外頭繞來繞去，看著水池上悠遊的水鳥，懶洋洋地躺在草地上的人群，一切有點陌生了。回想那一次的演出經驗，我才意識到自己已不是當年那個青澀的年輕樂手，而是一個逐漸成熟的音樂人。

我還記得當時的情景：黑色的舞台掛著紅色帷布，廣闊漆黑的表演廳裡，一排又一排紅色的座椅呈現弧形彎曲，往後延伸。彩排的時候，我和樂團的朋友們專心練習，但我也想，在這樣一個神秘的空間，後台是否有一個地道，能夠通往某個神秘房間，在一扇厚重又老舊的木門背後，有一個無人認識、如《歌劇魅影 The Phantom of the Opera》一般難以捉摸又孤獨的人住在那裡……而散場之後的劇院，安靜無聲又黑漆漆的，卻是一個專屬於他的祕密基地。

但我比他幸運：我曾有一個祕密基地，而我不孤單。

在我重新愛上音樂，沒日沒夜練習之後，我在美國最常待的地方，除了學校，就是大姐的房間。她上大學之後，房間空出來，我便在她的房間裡面搭架了一個非常破爛、陽春的迷你錄音室，那時候我還特地上 ebay 買二手器材組合，買了很低階的 mixer，就可以自己當一人樂團，自己吹奏樂器或彈琴，一邊錄音、編曲。我那時很愛玩編曲，只要一踏入我的迷你錄音室，就可以在裡面待上很久的一段時間，這樣很好，我就可以和音樂好好相處，不怎麼需要出門了。有時候，我還會跟朋友借來一個大音箱，有了它，就可以錄 bass，也會去找那些很便宜的電容 mic 來錄音。

那時候我覺得能夠擁有一支電容 mic，就已經是很驚天動地的事情了，如今，越來越瞭解專業錄音設備之後，就知道那個電容 mic 的市場，其實是留給像我當時那樣的小朋友去玩的。

不過，也因為自那時就開始接觸，我對於音樂、編曲、錄音有了更多相處的機會。在那一個房間裡，我多半是一個人，但我不孤單，還好有音樂陪著我。就這樣好幾年過去，我從一個青少年，變成大學生，又變成了現在的嚴爵。誰會想到，我那時候最愛玩的東西，竟然就變成了我現在的工作。

我常常想，如今的我會熱愛音樂、一直覺得這是好玩的事，都要歸功於獨處時在那一個空間裡面所培養出來的，對音樂的 passion。有了 passion，我才會進步。我甚至認為，對一個音樂人而言，擁有 passion 比擁有天分來得更重要。

對於那一個祕密的空間，我充滿感激。不，我應該感謝我大姐，因為她出門唸書把房間空出來，我才能夠在那裡建立自己的祕密基地。只是你知道嗎，我大姐每次大學放暑假回家，都會生氣跳腳，因為她好好的房間就此消失，沒了。

回到台灣之後，我不再擁有這一間祕密基地的鑰匙，但我因為在那裡與自己長期相處，而學習到的泰然自若，卻幫助我度過了很低潮的時刻——台北永吉路三十巷的那一個小公寓，在我被「困在台北」的日子裡，或許也算是我的第二個祕密基地吧，不過在那裡的故事，就哀傷許多了。

後來， 那一個在祕密基地成天瘋音樂的少年，在台灣出了專輯。

老實說，成為公眾人物之後，我失去了一些寶貴的事情。只是，這一切對於失去的感受，可能是我忙著適應突如其來的改變，而來得有點慢，出完第一張專輯時甚至都沒有感受到。不過也不算太遲。

或許是很早就確定自己要踏上的是什麼樣的路，一路走來，我的心態上始終不認為自己就只能是一個公眾人物。怎麼說呢，這種感覺好難解釋啊。公眾人物當然可以為許多人帶來正面影響，但就算今天我必須成為一個偶像歌手，我也希望自己是一個最真實的偶像歌手。因為那是我對自己的期許，我希望我活的，跟我作的，都代表嚴爵自己的價值。

我不想要出賣靈魂，做出背叛自己的事。

當年那一個在祕密錄音室玩編曲的少年，每天想著要如何做出最酷的和弦，寫出最與眾不同的 melody，他壓根不知道自己會從樂手變成歌手吧。

出道之後，我所面臨最大的挑戰，竟然就是自己的「歌手身分」。

對我來說，唱歌不像講話那麼自然，不像是饒舌歌手 speak 的時候能夠有 rhythm 就好。唱歌是一種習慣，而這一個習慣的養成，必須要投入很多時間跟精神。這是先前認定自己是樂手的我，未曾想過的事情。

自己的 sound，是我一直以來想要追求的，但也是自己想作卻不一定作得到的事，我總為此 struggle。畢竟這不像我寫下某個旋律，然後直接拿長號吹奏出來就有了。一切沒有那麼簡單。就像是有時遇到假音就破音了，這是當時的自己所沒有辦法控制的，不過，我就這樣持續挑戰，幸好，如今的我不孤單，公司也想辦法要協助我克服這難關。

而這一切的努力，在我踏上小巨蛋舉辦演唱會，才有了突破。如今，我覺得我找到自己的 sound 了。

我一直覺得五年是一段很好的時間。如果認真培養一項技藝，五年絕對可以讓你達到一個程度。而我五年來的努力，似乎終於有所回報了（為什麼是五年，而不是三年、四年？其實我對五這個數字很偏執，有時我刷牙都要算上面刷五下，然後下面才能刷五下。如果喝了一大口水，我要分五次吞下，有時候會覺得自己怪怪的，但這就是「五」這個數字的魔力吧）。

成為歌手之後，我在自己住的地方架起了另一個錄音室，比起當年在美國老家姊姊房間裡面的迷你錄音室，器材當然進步了不少，但我偶爾還是想回去我的祕密基地，只有我一個人，在那待上一整天，專心地玩音樂。

如今回想，那一段獨自待在祕密基地的時光，或許是我人生中最大的寶藏吧。

午餐吃烤鴨，下水抓。

TRACK // 4

金門大橋

GOLDEN GATE BRIDGE

穿梭於金門大橋的夢想與幻滅

你不能告訴別人該怎麼快樂，
但你有讓他快樂的能力。

我們都該善用，但也不濫用，
對值得的人用。

穿梭於金門大橋的
夢想與幻滅

我住在灣區，卻是駛離舊金山鬧區，遠在金門大橋那頭的那一端。根據我腦海中所累積的經驗計算，如果要從我家開車到舊金山，穿越金門大橋，一趟車程約莫四十分鐘左右。

成為歌手到現在，也有五年的時間了。這一次，我為了尋找音樂的原點而重返舊金山，踏上了相同的路線，經過相同的金門大橋（Golden Gate Bridge），回到了相同的灣區風景，一切沒有太大的改變，但我卻和以前不一樣了。那時，我總為了到舊金山鬧區的 Jazz Club 表演，而來回穿梭在兩地之間，金門大橋彷彿連結了我的夢想，帶我走上舞台，標記著我的音樂之路。而我生命中最頻繁往返舊金山與灣區住家的時候，便是高中。

高中的時候，我參與學校的每一堂音樂課程。早上七點（period 0），還沒有正式上課，我早已經抵達學校，參與一個 band 練習。到了八點十分第一節課開始，就和其他同學們一起上數學理化英文這些普通課程，一直到中午十二點。午休時間，和好朋友一起吃午餐，聊天打屁，偶爾睡個午覺。午休完，從一點開始上課，直到下午兩、三點左右，等一般課程結束了，就去參加爵士樂團的練習，之後繼續參加交響樂團的團練，最後，則是參加歌舞劇的練習。我在每一個音樂社團所扮演的角色都不一樣，有些彈 BASS，有些彈鋼琴，有些是吹奏伸縮喇叭。回家之前，還得去參加高爾夫球隊的練習，結束回到家也都六、七點了。

對，除了音樂，其實我的高爾夫球打得很好喔！

我還記得，我高中時期最快樂的一天，就是考上高爾夫球隊的那天。那時我才九年級的人，也就是高一，竟然就考上校隊，這是很罕見的事情。校隊只收十二個成員，其中六個去比賽，另外六個則是坐板凳的候補球員。我們每天都在校內比賽，到了週末就和外校比賽，我那時考到第六名，也就是可以正式比賽的正式隊員。那一天我很開心，我還記得晚上我媽媽帶我跟 Tim 去 pasta pomodoro 餐廳吃義大利麵慶祝，這是我們固定的慶功場所。

高中校園生活，大概就是這樣子，通常晚上六、七點才開始吃飯寫作業。有時到了晚上八、九點，還得再跑出門，和我的音樂家教老師到 downtown 表演。他在我十六歲的時候，就不再向我收學費了，他說他每次來跟我上課，其實都是切磋，他希望我多去表演，累積一些實際演出的經驗。於是，他就帶著我參加他的爵士樂團，四處接場子表演。那時我還未成年，所以有好幾家爵士樂俱樂部，我都得從廚房後門才進得去。也就在那時候，開始累積了舞台經驗。

我還記得第一次到爵士樂俱樂部表演的時候，內心既緊張又興奮，其他在爵士樂俱樂部表演的樂手，多半和那邊的廚師很熟，在後台也經常和服務生聊天討論，等著上台之前，大家都會自己去拿冰水、薯條、牛排吃。我那時在意的都和音樂無關，只想說我跟老師去，又可以賺零用錢、吃好吃的，又能夠上台表演，實在是很好玩的事情。

第一次上台之後，我也開始和我在學校的 band，或者是與舊金山另一個叫「群星樂團 SF Jazz」一起表演。群星樂團在灣區滿有名的，許多一流的職業爵士樂手，都是從這個團體出來的。也因此，我們可以邀到很多一流的爵士樂手回來講座，因為他們以前都從這個團體出來，算是我們的學長。

自從開始上台之後，無論是在哪個場合、哪個地點，感覺其實都差不了多少。對我而言，就是自由。我想，當初為什麼會愛上爵士樂，或許就是因為不用看譜，就可以直接用樂器來表達當下心裡的感覺。只是那時候的樂器是長號，不是我自己的歌聲。

在青少年的時候，就能夠在舞台上享受奔放的自由，其實是很幸福，卻也很危險的一件事情。因為那麼快就和一大群成人混在一起，自己的價值觀必須要建立得很好，尤其是在美國的音樂圈，更是有太多誘惑。

在美國，大麻好像是人人都有的東西，在後台就經常有人傳過來，等到東西遞到我面前，我就會直接拿起來趕快遞給下一個人。就在傳遞中間的短短幾秒鐘，要是自己不夠堅強，很有可能就會在十六、十七歲時，去接觸這些東西，那是很危險的。直到現在，不碰大麻的原因其實很簡單，我只想要把更好的部分放在音樂裡面，不想因為這玩意兒而失去了自己很純粹的感受能力。再加上，音樂本身其實就能讓我上癮了，有了音樂那難以超越的癮頭，誰還需要大麻呢？

那一個時期的我，意志力很強，如果確定要做什麼，我一定要做到。不過，高中生活所遭遇的難題，也不只是音樂而已。

十一年級的時候，大家便開始討論未來的事情，尤其是大學，因為要選擇大學，也要選擇主修，這些煩惱紛紛跑了出來。那時，我碰到了一位南加大的教授，他也吹奏長號，他看了我的表現之後，告訴我可以讓我保送南加大。那天上完課，他遞給我一張紙條，上面有他的簽名和簡單的話，他告訴我只要到南加大的office，留下姓名和聯絡方式，再加上這一張note，學校單位就會存檔，之後只要我寄申請單過去，校方就會開始安排了。

那一刻起，我就知道了，如果我要繼續作音樂，那麼高中最後一年的學業已經不再重要，因為我隨時都可以去南加大念音樂。同時，我卻又重頭思考作音樂這件事情，以及我所必須擔負的責任。如果真要去南加大念音樂，也必須要得到我爸媽的同意。兩個姊姊成績都很優秀，後來都去念柏克萊大學，那我呢？南加大的排名並沒有柏克萊那樣高，爸媽會答應我的請求嗎？

後來，我想到了一個好辦法，要讓我爸爸理解我不是退而求其次，也就是說，我必須讓課業表現和姊姊一樣好，然後再提出我要去念南加大的要求，我要繼續念音樂這一件事情才有可能成立。高中最後一年，我用功讀書，最後還以GPA全校第一名畢業，當時我想申請的大學全都上了，其中也包含柏克萊。但就在那時，我才向爸媽提出我要念南加大的要求。

爸爸聽了之後其實很掙扎，畢竟他長期在台灣，不像我媽每場表演都到，也知道老師們給我的鼓勵。對他而言，他最擔憂的，便是若專心讀音樂，以後到底能不能混口飯吃。

很幸運的，爸爸最後答應了我的請求。我也就此進入了南加大讀書，開始朝著我的音樂之路前進。我還記得當時的欣喜若狂，我還記得那時候我笑得多麼燦爛，以為自己終於成功逐夢，就要一帆風順了。

誰知道，後來進了南加大，事情竟然有一百八十度的轉變。那種心情彷彿就像是我終於登上了金門大橋的高峰，得以遠眺世界，卻在我還沒能享受成就感之前，海面上就刮起一陣颶風，夾帶著難以抵擋的冰冷刺痛，隨時要把我吹落深深的海底……

而那，就是另一個故事了。

TRACK // 5

聯合廣場

UNION SQUARE

脫離安逸牢籠的鴿子

我喜歡這張照片，
很紐約的感覺，
雖然這本書是介紹三藩市。

LITTLE
CHIPOTLE

注重別人眼光的人，
通常別人根本沒你想的那麼多，
但，
就當作你很有禮貌吧。

我還記得在拍這張照片的時候，
很多路人在看我，
其實我很注重別人眼光？（驚）

脫離安逸牢籠的鴿子

聯合廣場的鴿子很多，完全不怕人，牠們總是啄食著旅客遺留的食物，只在有一隻手太過接近自己時，才產生危機意識，拍拍翅膀離去。喪失了某一種野生的本能，趨於安逸的鴿子，就再也離不開都市了。

我有一段日子，就像是這些鴿子一樣，始終不確定未來的方向。

大學時，終於和那一位推薦我保送南加大的教授重逢了，他是很有名的爵士音樂家，叫做 Bill Waterous。當他看到我時，開心地說：「Jeff，你終於來了。」後來，我加入了學校的音樂社團，重複起和高中一模一樣的生活。

有時候他上課的時候，會因為自己外面場子接太多，在白板上留言要我自習，然後出門表演。有時甚至因為他忙不過來，就告訴我說：「這堂課先不用上了，去幫我接場子吧。」

那是一段很自由的時間。因為讀音樂學院，像英文、數學的學業主科幾乎都不重要，畢竟一個音樂系學生能否畢業，與那些課程完全無關，那就是我在大學讀完那一學期的感覺。相對於課業表現，南加大最知名的便是 networking，很多人到那求學，只是因為要透過人脈認識某某 club 的人，為了能夠在畢業後，有穩定的工作可以接。於是乎，雖然正在讀大學，但只要找到了想要的人脈，很多事情就都無所謂了。但這樣好嗎？

大學對我很多同班同學來說，是遊樂場，我們大家玩音樂的，和教授的互動就像是和朋友在玩一樣，可是我覺得大學對一個已經有夢想的人，有時候是一個監獄，因為我很清楚那個學位是混出來的，我知道自己一定拿得到學位，但拿到了之後，我要做什麼？我可能想要從事音樂製作、編曲，下一步可能想要唱歌，但這些想作的事情，四年後作跟現在作不都一樣，那為什麼我不現在就去闖呢？

我的個性是定不下來的，如果每天只能作相同的事情，我一定會得憂鬱症。那時，只要想到這種日子我得過四年，每天就覺得好痛苦。從那一刻開始，我的心已經不在那裡了，我好像從一個爵士樂手的身分，慢慢變成了「嚴爵」。在那之前我是 Jeff，但嚴爵這樣的生命，那想要有更多嘗試、創造的心情，就是從那時的掙扎而來。我寫的第一首歌〈追尋〉，也是第一張專輯的第一首歌，就是我的心聲，早在美國宿舍時就寫好了。

其實會開始寫歌詞，都要歸功我認識的一個重要的朋友，事後回想，他其實也是我之所以想要休學的重要原因。

我每年暑假都會跟兩個姊姊回台灣渡假，我姐認識唱片公司的人，對方問我要不要去打工，我想說暑假很無聊，當工讀生殺時間也很好。那時，我就認識了還沒有正式與公司簽約的蕭閎仁，他正接受公司的培養課程。每天晚上，我在打掃唱片公司的時候，蕭閎仁就會在舞蹈教室練唱。有一次，我提著垃圾經過，聽到他正在裡面唱歌，我停下腳步專心聆聽，竟然就聽到哭出來。這是怎麼回事？這是我這輩子第一次被歌聲感動，那時才發覺，歌聲的感動（可能還有歌詞這個層面）可以比樂器還要來得深。

那樣的感動一直停留在我心裡。暑假結束後，我回美國去當大學生，在宿舍裡，我便開始思考，自己能不能讓另一個人激起相同的感動，我甚至想要重複相同的情緒，讓自己有相同的感動。就在那一刻，我第一次填詞。

那時的我還不太敢唱歌，每次都得趁著室友去上課時，才拿出麥克風開始唱，開始錄 demo。有一次我放給媽媽聽，她聽了之後嚇了一大跳，說：「你會唱歌啊？這麼多年我從來沒聽過你唱歌！」

其實我那時唱得很不 OK，但我媽媽很支持我。或許是受了鼓勵，我便從那時候開始寫歌詞了。

等我回美國，蕭閎仁寫了一封 email，告訴我說他和唱片公司簽約了，還寄了一首歌給我，問我要不要寫歌詞，那是他第一張唱片裡的歌曲。後來，那一首歌（雖然被改了很多）就是〈第八十九鍵〉，裡面的副歌歌詞就是我寫的。

當他告訴我，他要準備成為歌手的時候，我只能在旁邊看著他的人生起巨大的變化，但我呢？我還待在相同的地方，作相同的事情。我也是有夢想的，為什麼我人被困在這一所監獄呢？我們年紀差不多，但他已經開始作自己的事情了，那我呢？我的心裡冒出越來越多的OS，後來OS多到我晚上睡覺都會很憂慮煩躁，根本睡不著。

終於，我的身心出狀況了。第一個階段，我對學業變得毫無動力，上課都會打瞌睡，也不做功課。第二階段，開始沒有胃口，每次吃東西都覺得自己在吃牢飯。每天見到同學都看不順眼，心裡想說我還要看你們看四年就煩。這時，我整個人都變得消極起來。第三個階段開始，我睡不著了，經常性失眠，甚至覺得自己出現了某些精神問題。我覺得好困擾，就這樣沒日沒夜的，到了最後，我終於下定決心，告訴自己必須有所改變。於是就開始思考要如何執行休學計畫，也就是說服我爸答應我的請求。

只要過了他那一關，我就可以逃離這所名為大學的「監獄」了。

我所有的表哥、表姐和兩個姊姊們，都很清楚我對於音樂的熱愛，我媽和我阿姨就更不用說了，於是，大家同心協力一起幫忙我說服我爸爸。改變我爸心意的最關鍵角色，應該是我在南加大拍的電影短片。我一個人走在校園的各個角落，包含教室啦草地啦，對著鏡頭訴說我上大學幾個月以來的感覺，除了把想要為夢想去闖蕩的心情再次說出來，更是對我爸爸喊話，說道：「我想要脫離這樣的監獄，請給我一點時間去闖，如果不行，失敗了，我一定會乖乖回來讀書。但先讓我去闖吧。」

後來我就自己剪接影片，還搭配了弦樂，把整部短片的氣氛變得很感人。完工之後，我就把檔案燒成一張 DVD，請我媽交給我爸，那時候，我告訴媽媽：「一定可以逃出監獄的！」

後來我請我媽幫我向老爸溝通。過了一段時間，我在美國接到爸爸的電話，他說：「我看過影片了。你這學期讀完，就回來吧。」

掛上電話的那一刻，我覺得自己變成了全世界最快樂的人，我真心認為自己接下來的人生將會一片光明，充滿希望。不過，就像是當初我為了可以念南加大而興奮開心一樣，那時候的快樂，轉成了相同份量的痛苦。那是我始料未及的事……不過，脫離了安逸生活的鴿子，本來就應該面對更多的挑戰，才有辦法重拾飛翔的敏銳度吧。我不會後悔當初的決定，我會繼續飛行。

Republic

TRACK // 6

天使島

ANGEL ISLAND

那 些 抓 住 我 的 天 使 們

此刻，我真正想做的事。

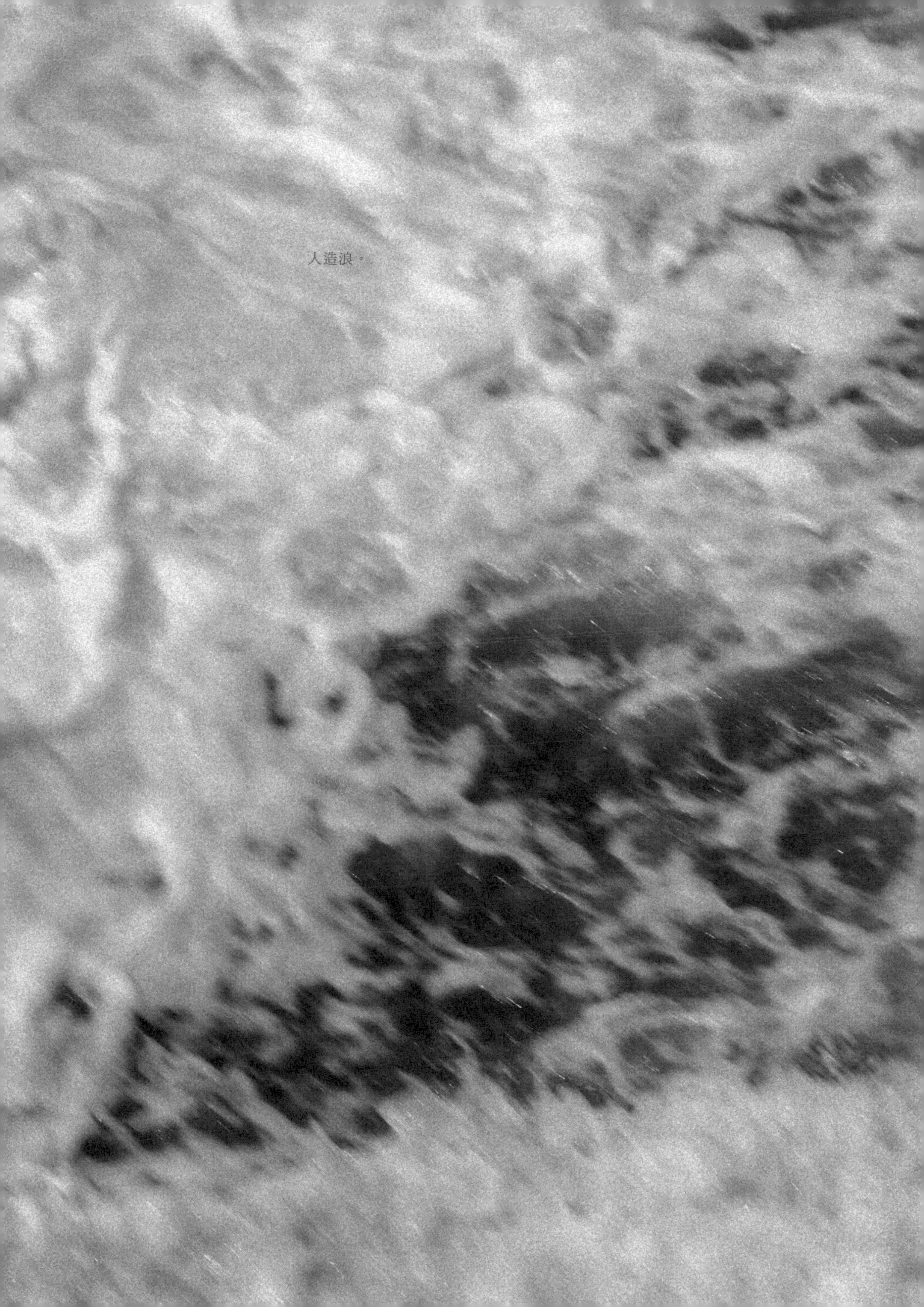

人造浪。

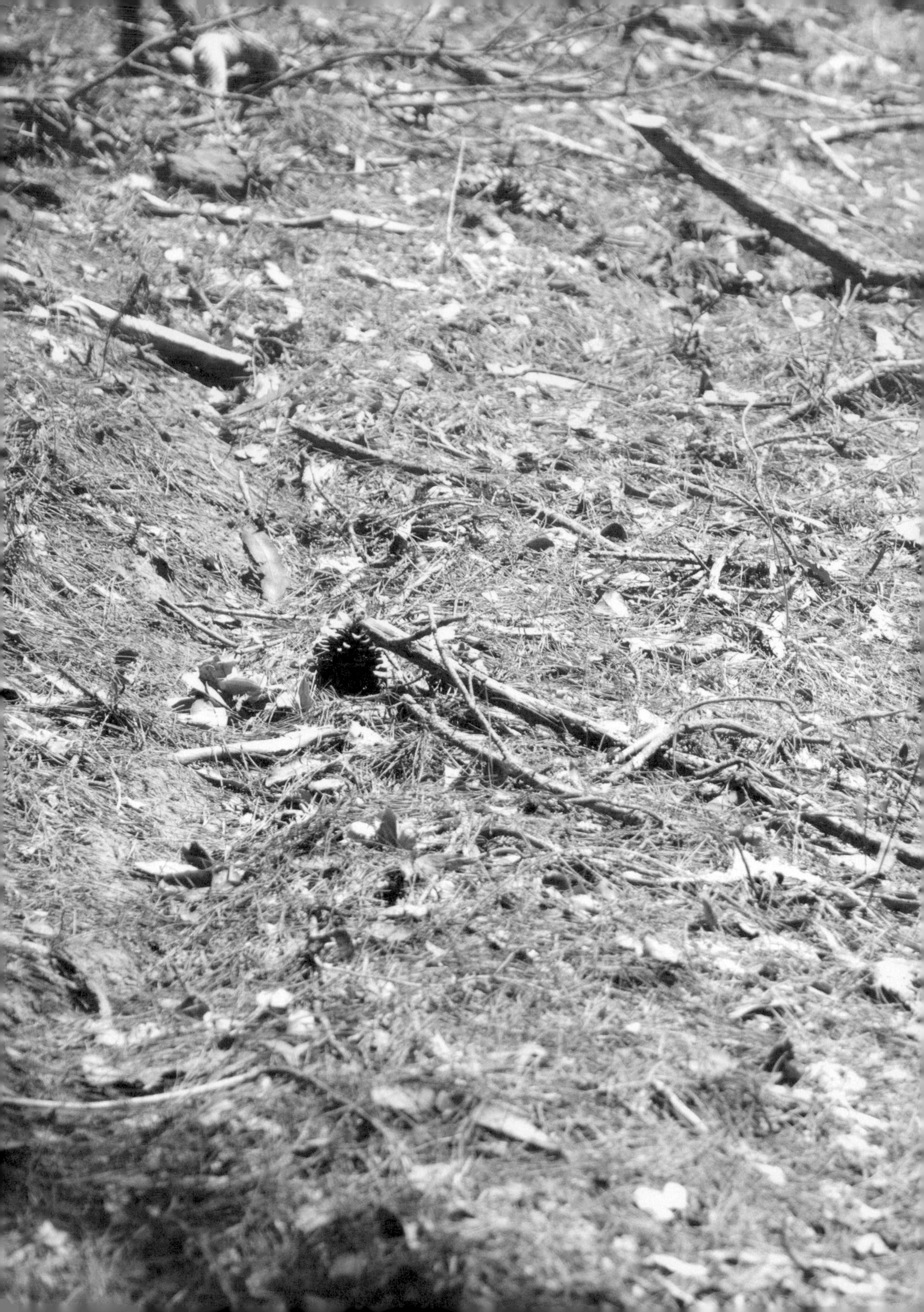

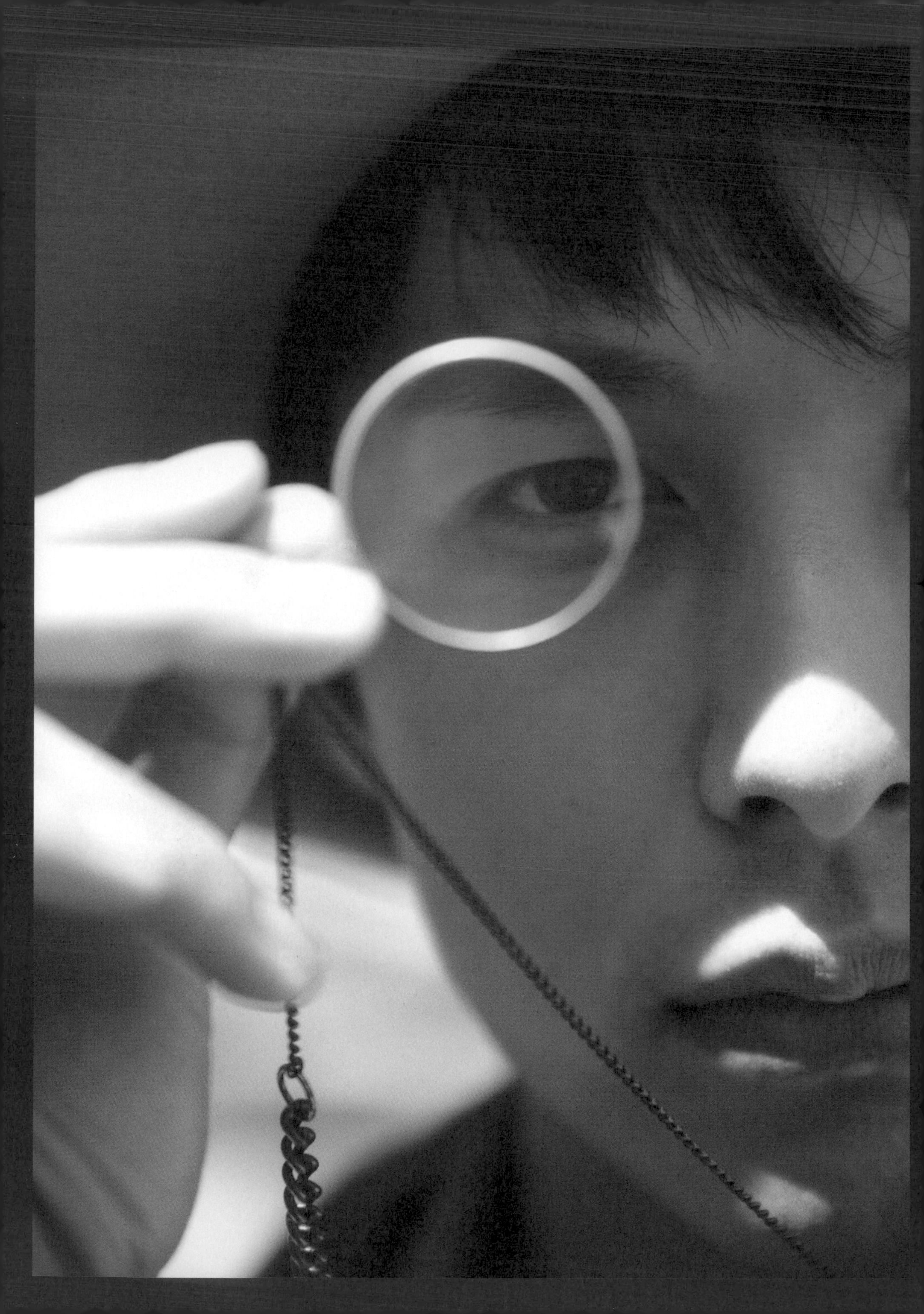

山寨牛仔，
其實只是找一個理由寫山這個字。

關於一部電影的笑話，
我想已經開夠多了，
若你還沒聽過，
可斷定你已落伍。

這張背挺好看的，
不，
我並沒有想再開關於一部電
影的笑話。

一顆樹，在森林倒下，但沒人聽見，有沒有發出聲音？
一份愛，無怨無悔的付出，但另一半沒看見，有沒有相愛？

那些抓住我的
天使們

高中的時候，我喜歡和朋友到天使島（Angel Island）探險。那裡不是一個容易去的地方，必須搭一段時間的船才能抵達，到了那邊，則要在最後船班開走之前，把握時間好好地騎著腳踏車，在陽光下流汗探險。天使島上有小山丘，於是，沿路騎腳踏車上高點的過程總是讓人疲憊，等到自己來到高處，享受完美好風光，接下來便是刺激的下坡高速滑行了。過程當中，偶爾會失速，把自己嚇出一把冷汗，但只要抓緊把手，想辦法保持平衡，總會平安無事抵達終點。我始終是這樣相信的，一旦確定要做了，就堅定、勇敢地去作，不要放手，就算很痛苦，都得咬牙前進。但一路走來，我還是吃了不少苦頭。

最讓我感到慌亂的大魔王，或許是被困在台北的那一段時期。爸爸同意我休學之後，回台灣之前，我和十年來的好朋友、老師告別，但那時的 goodbye 並未帶著太多不捨，我的心裡只覺得終於可以 move on 了。然而，那些直到現在還留在我生命裡的美國友人，其實也都是那時我有特別告別的人。他們後來甚至都出現在相信音樂為我舉辦的第一場演唱會。

得知可以休學時的欣喜若狂，那個心情可以比喻說，好像你在開車，你看到一個紅綠燈閃黃燈了，但在黃燈變成紅燈前成功衝過去了。但一到台灣，也就是你終於到了下一個路口之後，才發現其實是紅燈。原來，你只衝過去一小段的距離。紅燈！紅燈！紅燈！我本來以為大學已經很 struggle 了，才發現下一個關卡才是會讓你等很久的那個紅燈，像是忠孝東路跟基隆路交叉路口的那一個紅燈，你得等上好久好久的時間。唉，人生總是這樣子的，你原本以為自己衝過去了，沒料到，還有下一個紅燈等著。

由於唱片公司和演藝圈都在台北，就像美國好萊塢在洛杉磯，於是剛回台灣的我立刻上台北找房子。第一個公寓位在一間國宅四樓，居住環境破破的，在市府捷運站旁邊。我每天爬樓梯上下樓吃飯或是出門，都覺得很愧疚，因為每個月都得伸手跟家裡拿生活費和租金。

爸爸總問我在幹嘛，「我就無業遊民啊」這句話在我心裡吶喊，但我說不出口。那陣子真的很難交代。我想到如果今天是我自己的兒子，我一定會很難過，也就在那時候，我終於能夠體會我爸的心情。他提供了兒子國外的教育，不知道花了多少錢在我身上，但我最後卻連一張畢業證書都沒有拿到就吵著要回來，他一定很痛苦吧。我猜，那一陣子他一定也不知道該如何對他的醫生朋友們交代兒子的志業，他們大概會覺得這兒子不成材吧。

儘管那已經是 2008 年的事情了，卻仍歷歷在目。還沒遇到相信音樂之前，那時的我每天作 demo，直到做到覺得自己快要瘋掉了，才跟自己說：「不能再作下去了！休息！」之後，才走下樓梯，到外面永吉路三十巷品嚐台灣小吃，轉換一下心情。

吃了好長一段時間，我也吃出一點心得，慢慢變成美食主義者，更是一個肉食主義者。那時候，我的房間右邊有一面白牆，我在牆上畫了永吉路三十巷的圖，從第一家餐廳畫到最後一家，每一間都有分數，像是幾顆星、價格多少、可以吃多飽等等。我每天限定自己只能花三百元，這樣才不會跟家裡拿太多錢。所以啊，如果有一家店只要花七十五塊就可以吃到很棒的雞排飯，還有二十五塊錢可以買飲料，那我就會給他五顆星，因為這是完美又好心的店家！我就這樣花了三個多月，從巷頭吃到巷尾，畫了滿滿一面牆的美食地圖。如果你曾親眼目睹那一張圖，你一定就會清楚我那時候有多空虛、多無聊、多痛苦。

你知道嗎，demo 早就做好了，卻不知道要給誰聽。我第一個想到的是蕭閎仁，打算請他把 demo 轉給他的公司聽。我剛回台北的那段期間，剛好就是他出專輯的時候，每天看到電視上播放他的 MV，好像離他很近，其實卻離得更遠。他前進一大步了，我卻還是待在原地。上一步我只覺得逃離大學就能找到自由，其實並不是。

出去之後呢？我的下一步呢？我沒有找到我的路。我好迷惘。

事業剛起步的他很忙，實在抽不出空介紹我給公司認識。另外一條線，就是我阿姨的好朋友的小孩，他說他媽媽的朋友的女兒的朋友是相信音樂製作部的黃婷，後來我透過這層關係去聯繫，終於在三、四個月後，有機會和黃婷吃飯。那就是我音樂之路的轉折點，也是突破的地方。至於這阿姨的好朋友的小孩，後來也變成我第一張專輯的女主角，是我的初戀。

和黃婷吃完飯隔天，她便打電話給我，想要安排我和老闆見面，後天我就到了相信音樂的總部。直到現在，我都還記得辦公室桌子，那是一張水泥材質的桌子，摸起來有點涼涼的。我走進老闆辦公室，緊張得心臟都快要跳出來。我的帽子反戴，穿著拖鞋短褲白 T 恤，頭髮很長很亂，我忘記那時如何和他打招呼了，大概就是一聲 hello 吧。但寒暄不到五分鐘的時間，他就跟我說：「我們想簽你。不只是歌手約，也想要簽製作，還有詞曲創作約，總共三項。」

我的天啊，我壓根不知道今天來就能得到這樣的答案。他說完簽約的事，我的腦袋便一片空白，之後他說的什麼，我好像都記不得，當時大概也聽不見了。那一刻，我想到在永吉路三十巷吃過、點評過的每一餐，如今站在唱片公司的辦公室裡面，未來似乎有著落了。這一切太不真實，但我真想趕快跟我媽分享。

很奇妙，遇到相信音樂之後，本來沒聲沒息的另一家唱片公司也來接觸了，但我的心已經定下來了。其實，早在黃婷和我吃飯的那一個晚上，我的心就已經定了。因為，她是第一個聽我 demo 的人。我看著她聽我的 demo，努力克制讓自己不要流淚。我從美國大學宿舍就努力做音樂，拋下一切來到台北，一個人在破公寓每天埋頭苦幹，一路做了那麼久，終於有一個人聽到我的音樂了，還是唱片圈的人。我不正是為了這個才從美國回來的嗎？

那麼靠近了，我幾乎就要碰觸到夢想了。這不像是把 demo 寄去唱片公司而得到了 feedback，而是看到一個活生生的人，在自己面前專心地聽，仔細閱讀我寫的歌詞，完全沒有按快轉或是跳掉。看她聽得越久，我就越感動，內心的聲音告訴我：「如果這家唱片公司要我，我不會考慮其他家，就是這一家了，因為眼前這一個人竟然願意聆聽我的音樂。」

後來，每次遇到黃婷，我都叫她「貴人黃婷」。當然，我也曾經與她有過爭吵，但那都是出自於對於作品的要求，我們都希望能夠呈現出最棒的作品。面對爭執的時候，我們溝通、講和，也在合作多次之後，為了曾經因為爭吵而願意誠懇說出內心話而深深感動。

從那一頓飯到現在，我從一個做了 demo 卻沒有人聽的人，變成一個已經發行四張專輯的歌手。回想起困在台北的那一段日子，還是難忘那時的恐慌，但我還是很幸運的，因為我終究在他人的善意幫助之下，順利走出來。

已經不再是高中生的我，重新走在天使島上的森林裡，景色沒有改變太多，地上依舊鋪滿了松針與松果。當我終於踏上如獨木橋一般的高處獨木，身體重新體驗了困在台北時的慌張，就在即將感到孤立無援的時刻，我看見身旁的夥伴，他們每一個人安靜觀察著我，隨時準備要抓住我、保護我，像是天使一樣。

原來，天使島上也有天使，我覺得不害怕了。

你有認識誰的舌頭無法這樣？

諾瓦多

N O V A T O

兩場畢業典禮之後，我決定…

TRACK // 7

這是我有史以來身高最高的姿態，
抓住我童年的籃球架。

老家加上老一點的我。

後院的蘋果樹，
是我，你的父親。

30

我想跟你分享些什麼，
來證明我其實是在乎你的。

MEAD FIEL
FUEL UP
ON GOOD HEALTH
Buying a Ne
Looking to R
WELLS FARGO
HOME MORTGAGE

OOD
ome?
ance?
rochnow
Ave. Novato
#450296

兩場畢業典禮之後，我決定……

為了回到創作的原點，我從舊金山沿著熟悉的金門大橋，回了灣區老家 Novato 一趟，重回熟悉鄉間，忽然覺得好陌生。上前敲著家門，然後，一對夫婦熱情地向我問候，並且聊起我的過往。原來，他們的孩子也在我的母校就讀，同樣聽過我所譜寫的畢業歌。他們熱情地招呼我，讓我自己逛著熟悉的庭院，當然，也借了我一顆籃球，讓我在那熟悉的籃球框練習投籃。

這種感覺好奇怪，畢竟這一切都曾經是我每天最基本的生活啊。

想起抵達舊金山的隔天，我因為時差而早起，決定出門跑步，去看看熟悉的金門大橋，現在看這些景色，起初以為和記憶中有些不同，後來才發現，是自己不一樣了。

有兩件重要的事影響了我。一是愛情。以前我滿腦子只有音樂，但我現在腦子裡面有其他東西了。二是我對未來的想像，以前，當我經過金門大橋的時候，我可能只是在想，晚上要演奏那一首歌，而我要怎麼表演 solo 才會最帥氣。就這麼簡單。但現在的我看到金門大橋，卻想到了不同的事情：下一次，如果我開車的時候再經過這一座橋，我將會幾歲了？我會不會有孩子了？有老婆了？想的事情都不太一樣了。我的眼界不太一樣了，變得成熟，不再是過往那一個高中生。

重新回到原點，我的人變得複雜了，那些被迫接受的人生規劃，還有那些被迫接受的改變，總讓我想到當時的純真美好。

7 / 10

Lifestyle of Yen-J

我順路來到 Tim 家，他正在舊金山鬧區準備晚上的演出，只有他爸媽在。他們和我擁抱寒暄，我向他們借了滑板，而我就像小時候一樣，直接滑了起來。巷子裡的小朋友不過三、四歲，騎著小小的腳踏車在旁邊跟著，而我的心，卻也隨著滑板來到了過往的時光。

終於，回到了高中母校。

那三年的時光，高爾夫球隊的練習，所有與音樂相關的活動，當然還有我為了畢業典禮所寫的歌曲，還有那時候對於未來人生的音樂嚮往，全部都回來了。我心裡也明白，由於我從南加大休學了，高中的畢業典禮，勢必變成了我人生中最後一次的畢業典禮。

畢業後的我，休學了，回到台灣繼續追尋自己的音樂，過了四年，創作了四張專輯，也終於踏上小巨蛋，舉辦了自己的第一場「鋼鐵情人演唱會」。我還記得在演唱會開始之前，我戴著墨鏡，等著要上台擺 pose，走到定點的時候，腦中想著：「演唱會一開始，我就要相信等一下這個 riser 升上去之後，我會在某一秒摔下來。我會在這場演唱會死掉。」就這樣，我用這種心態去唱演唱會的每一首歌、去跳每一支舞，就像是去作一場讓自己死無遺憾的表演。後來還有一個飛天鋼琴，我也是被吊在空中，我那時幾乎就要相信這會是最後一次的演唱會了。

謝幕的時候，我感恩，從飛天鋼琴下來的那一刻，覺得活著真好。畢竟我除了挑戰音樂，也挑戰了生命的極限。對我而言，四年的努力彷彿就像是我讀完了大學一樣，而我也在一萬人的見證之下，成功畢業了，達到了嚴爵應該要達到的水準。

我還記得，我曾和 Tim 討論過，說好難想像如果有三千人呼喊著嚴爵兩個字，然後上台唱歌的感覺。沒想到，我竟然已經圓夢了。曾經我所有想像的畫面，竟然完全呈現在我的眼前，就像是小女生小時候玩芭比娃娃，說那是她的夢幻婚禮，下一秒等她眼睛張開，是他的新郎幫他掀起頭蓋而他們眼神交會了。

看到演唱會現場那麼多人，真的很像在做夢，很不真實。這說法可能很 cliché，但卻又如此精準地表達了我的想法。我本來把小巨蛋當作出道十年的目標，如今卻在差不多第五年就完成了這件事情。這也是為什麼，對我而言，這一場演唱會就像是我所苦苦等待的第二場畢業典禮，但並不代表結束，而是另一個階段的開始。

就某方面來說，我覺得自己跳級了，好像本來今年才要讀高三，但是卻忽然畢業了。演唱會結束後，我深切感受到自己需要一個緩衝期，好好問自己 What's next？畢竟，有時候衝刺地太快，下一步可能就會走錯了。能夠有一段時間，去找回最開始的自己，是一件很好的事情。

下一步是什麼？我希望是嚴爵的 sound 被 defined 了。

以前我不喜歡自己的 sound 被 defined，我希望證明自己可以作這個也可以作那個，我可以玩音樂，也可以唱歌，更可以跳舞。為什麼呢？或許是因為更早的我每次回到台灣，打開電視聽到的音樂類型都好像，甚至大多都是芭樂歌。那時我便想，如果要作音樂，我想 Be different。我要把熱愛的 John Mayer、Jason Mraz、Jack Johnson、Kanye West 和 Stevie Wonder，這些影響過我的音樂資源全部放進來，讓我的音樂和其他人的音樂不一樣。當然，華人流行音樂能夠加上這些元素一定會變得很棒。但現在 2014 年了，我覺得不需要我作這些事了，畢竟透過 youtube，聽眾可以聽到更 original 的音樂。

7/10
Lifestyle of Yen-J

那就做自己吧。我現在仍無法用言語下簡單的定義，但我有把握，能夠在經歷小巨蛋這場畢業典禮之後，做出一張十年、二十年之後聆聽仍不失流行的專輯。我不再需要再證明自己與他人不同了，而未來所需要面對的，終將回歸創作本身。

我認為華語流行音樂的特色在歌詞，一首歌會受到歡迎，往往都是因為歌詞能夠打到人心。這和國外音樂不太一樣，在美國、日本，音樂和節奏可以看得比歌詞重，可是華語不行，因為聽眾都想知道一首歌到底在講什麼。所以就算 beat 再厲害，沒有優秀的歌詞，還是無法成為受歡迎的經典歌曲。而我的歌詞向來是我的 OS，至於聽眾是否能夠接受，我就交給公司衡量。對我而言，就是把內心獨白寫出來，好好地把故事說清楚。

回頭想想，或許嚴爵的 sound 一直都在我的腦裡，只是在我真正把它呈現出來之前，彷彿是 exhibition 或是 gallery 一樣，想讓人知道我能作這個作那個。那些加諸在自己身上的磨練還有常識，無論是虛榮或是證明也好，其實動機我不太清楚。我只知道我得把那些事情都嘗試過，才能定得下心去作一張純粹嚴爵的專輯。

如今，我畢業了，人又回到原點，站在母校最熟悉的草地上，望著我最熟悉的風景，我看見過往的自己正在打高爾夫球或是參加樂隊團練，腦海裡浮現了一些歌曲的 tone，還有既熟悉卻又有點陌生的曲風。接下來，我想好好和過往的自己交換更多音樂想法，然後一起完成下一張專輯。

終於，我終於畢業了。

SPEE
LIMI
25

創作就是
我的日常生活

經常有人問我：「你覺得創作是什麼？」

我總會回答：「創作就是我的日常生活。」

很多人覺得奇怪，繼續追問我那是什麼意思。老實說，之所以創作是我的日常生活，就是因為除了創作之外，我沒有太多的樂趣。

因為工作的關係，我經常飛來飛去，在外面過夜已是家常便飯。但在旅館裡，很多人都喜歡看電影 DVD 或是和朋友喝個小酒，好好地享受他們的服務，讓自己能夠徹底放鬆下來。但我很少在飯店裡面，享受放鬆下來的片刻。

我最常作的還是跟音樂有關，無論要到哪裡，我都隨身攜帶筆電，如果不需要到表演場地彩排，或是參加某些活動，我就會待在房間裡看 youtube 聽音樂，不是聽別人的音樂，就是聽自己的音樂，或是準備自己的音樂。更多時候，我會透過 email 或是其他電子通訊方式，和我的樂手們聯繫，討論要如何彩排或是未來的創作計畫。有一陣子，我迷上打鼓，只要出門就要隨身攜帶打擊板，一進飯店就開始練習打鼓。但那也是與音樂有關。

所有與音樂有關的事情，對我而言，其實就是在辦公啦。

沒有錯，我是一個工作狂。

Yen-J
in San Francisco

不過，每次來到新的地方，住進新的旅館，我總要拿出手機和我媽 facetime，好好說上幾句話，如果有時差，家人都睡了，我就會傳訊息過去。老實說，這就是我恨科技又依賴科技的地方：太方便了。

科技帶來的方便，尤其是通訊科技，會讓人的情緒越來越少。以前不能跟人講到話，心裡累積起來的思念會很濃厚，現在想要跟人講話，直接傳一個訊息就到了，相較之下，思念當然就被減輕了。

我又恨又愛啊，科技。

有時，我也會在旅館房間裡作運動，像是 push up 或是 sit up，不過這也是因為晚上要表演，所以得在上台之前臨時抱佛腳。等等，這也算是跟工作有關吧？

老實說，我不喜歡住旅館。因為能作的事情變少了，而且很無聊。我家有錄音室，因此我二十四小時都可以工作，這讓我很開心，也很滿足。但在外面就不一樣了，器材的限制很不方便。由於我自己不太研究每日工作行程，總是讓工作團隊帶著走，如果某天來到一家旅館，放下行李的時候，大家告訴我得在這裡住上一陣子，我還會忍不住抱怨幾句，告訴他說：「早知道我就帶另外一台電腦來，這樣比較可以作多一點事情啊。」

唉，我想，我根本恨不得把所有東西都帶在身上吧。

讓我重申一次：「創作就是我的日常生活，而我以此為樂。這是真的。」

TRACK // 8

貝克沙灘

BAKER BEACH

08：34／清晨沙灘之獨自思索

留給未來
的時空膠囊

好幾年前還是高中生的時候，夏天一到，我會和同學到貝克海灘（Baker Baech）玩水，就懶洋洋的，曬著太陽，玩 bodysurfing。但我最喜歡的，是看著沙灘上，很多爸爸媽媽帶著小朋友們一起到海邊玩耍，小朋友把小貝殼東西埋入沙子裡，彷彿他們正在放置自己的時空膠囊一般。這畫面很美。

遠遠的，有小朋友正在蓋沙堡，他的心裡面是否有一張未來住所的藍圖，他想當建築師嗎？小時候，我數學很好，畫圖也行，有一陣子我都認定長大要成為一個建築師。如果我真的成為建築師了，又會過什麼樣的人生呢？

後來，我愛上了音樂，但對未來依舊懷抱著大大的夢想。

為了實踐夢想，我從美國回到台灣，經過了好長一段時間的努力，才終於成為音樂人。但是出專輯、寫歌並不是我人生中的終極目標。其實，我心裡面埋藏著一個終極目標，希望有一天能夠實現……

現在我只是一個流行音樂製作人，但希望有一天，等我變得越來越強，我能夠製作好萊塢電影配樂，若能在電影裡聽到自己的音樂，甚至 compose 電影主題曲，那就太棒了。

從以前到現在，我為了作夢而付出許多心血，因為我始終相信在讓夢想成真之前，我必須做好準備。現在想想，以往製作電視偶像劇配樂的經驗，或許就是實現我那終極目標之前的小小預演。

電視偶像劇配樂是我人生中的第一份工作。那時剛與公司簽約，但是專輯尚未正式發行，公司替我安排了一些工作，第一個便是偶像劇《敗犬女王》與《下一站，幸福》的配樂。對我而言，製作偶像劇配樂是非常有趣的經驗。好玩的地方，在於我必須練習用音樂說故事。製作單位沒辦法一次讓我看太多戲劇片段，所以通常會給我一個設定，例如「媽媽和女兒吵架」或是「兄妹情深而感動」，而我就必須根據這樣一個簡單的句子，去呈現一個完整的故事情境。有時，我還得用一個旋律去改編成各式曲子，來配合插曲、主題曲、片尾曲等需求。

對我而言，偶像劇配樂的要求，其實就是製作單位提供配樂者一個框框，接下來就看配樂者如何在這個框框的限制之下，去發揮自己的創意。你不覺得這很像是在玩遊戲嗎？一關一關地挑戰，然後製作出動人的音樂，在劇情搭配之下，讓觀眾感受到強烈的情感。很好玩！

限制其實是很重要的，真正的創意無限其實來自於有限。

如果完全沒有框架限制，創意其實很難發揮，因為對於一個創作人而言，如果能夠在某一種設定，也就是限制之下，還能夠發揮無限的想像，那才是創意的體現。

這幾年，台灣電影越來越厲害，如果有機會，我也想與電影團隊合作，譜寫感人的配樂，如此持續磨練自己，說不定有一天，就能實現自己在好萊塢電影配樂的夢想了。

那時候我就成功了。是這樣嗎？

在實現終極目標之前，我想要製作一顆時空膠囊給未來的自己。在這一顆時空膠囊裡面，我要放一台 iPhone 5s。

為什麼是 iPhone ？因為現在科技的發展越來越快，幾乎是要讓人趕不上了，我真想知道以後的我打開時空膠囊的時候，是否還會記得裡頭放著的是一台智慧型手機，畢竟那時候的科技可能已經發展到完全無法想像的境界了。

雖然工作上必須倚賴，但我始終沒辦法真心地喜歡科技，就是這樣矛盾的心情，讓人很苦惱。我始終認為科技是因應人類的惰性而出現的產物。隨著科技越來越強大，人啊，應該會一代一代變得更懶。話雖如此，我又忍不住期待以後的人可以懶到什麼樣的程度，所以在時空膠囊放進一台 iPhone 5s，去提醒自己，以前我還有一段時間是拿著這台機器打電話、與人 facetime，希望未來的我還能夠記得一點人性的東西。

唉，我們所有人終將因為科技，而越來越不像是人吧。

為什麼對於科技有那麼多感觸？

我最愛的音樂因為科技而改變了面貌。midi 與 sample 出現之後，現在的 DJ 比一整個 rock band 還要紅。DJ 只要一個人搭配機器，就可以 take care 鼓、bass 等眾多樂器，只要知道如何 remix，就能夠呈現出一段完整的樂曲。

過往那種透過樂團無數次彩排，所建立出來的人與人之間的默契，還有那為了同一個目標而凝聚在一起，揮灑熱血的團隊精神，如今也越來越少，漸漸淡了。過去一整個樂團必須一起努力完成的目標，如今只要一個 DJ 就能夠取代，這對我來說，實在有些淡淡的哀傷。

所以啊，我要提醒未來的自己，始終都要 be a human。

我也想要提醒未來的我，另一件小小的價值觀——

此刻的我，對於成功的定義，或許受了爸媽影響，但從小到大，我總覺得擁有一個幸福的家庭，就是一個成功的人。幸福的家庭是任何事業的成功都無法取代的。於是，在這一顆時空膠囊裡面，除了一台 iPhone 5s，我還要留下這一張字條：「給未來的我，無論事業發展到什麼階段，你都要記得，Family first。」

p.s. 誰會知道，當我完成時空膠囊的同時，iPhone 6 已經上市了。科技啊，我們始終追趕不上你。我還是好好在晴朗海面上 bodysurfing，用海浪感受身為一個活生生的人的節奏律動吧。

41 號碼頭

PIER 41

10：08／聆聽港區日常

TRACK // 8.2

AT&T 球場

AT&T PARK

12：34 ／ 等待球場盛宴

爵是長頸鹿
TRACK // 8.3

TRACK 8.4

費爾摩區

FILLMORE

17：34／漫步靈感街頭

TRACK // 9

漁人碼頭

FISHERMAN'S WHARF

19：05／一日將盡前的風景留影

美好一日
與家的想像

漁人碼頭（Fisherman's Wharf）的夕陽很美，有一種很奇怪的黃金感覺，看著火輪般的太陽貼近地平線，橘紅色的光線好像是活的，會一條一條爬上大海的波浪搖晃。這時候，往往會看見許多來自不同國家的觀光客，他們多半是家庭，爸爸媽媽溫柔牽著小朋友的手，當然也有很多正處壯年的孩子，牽著年老父母的手，緩緩往著各個方向走去。

每次看到碼頭，都想到家。或許是因為碼頭是迎接浪子回家的地方吧。

曾聽過許多故事，關於那些在異鄉漂泊的浪子，踏上了家鄉的土地，卻停在原地，不敢回家。在心裡面做了各種揣摩，才終於鼓起勇氣，回家。誰知道，當他敲了家裡的門，看見家人熱情的回應，才知道原來自己想太多了。

真正的家人，如果有愛，不會計較那麼多啦。

從小，我們的家庭成員似乎就是兩邊跑，在台灣也在美國，要全家都集合在同一個地點，似乎有一點難度。我還在台灣念國小的時候，因為兩個姊姊先和媽媽搬去美國，我有一段時間和我爸爸單獨相處。他總是會在上班之前，遞給我一本《唐詩三百首》，叮嚀我說，在他回家之前一定要背完一首。從這就能看出他是一個非常中規中矩的人，總希望我好好讀書，好好做事。

9/10
Lifestyle of Yen-J

他是一個很開明的父親，對於孩子的未來，向來毫不吝嗇。回頭想想，他花了這麼多金錢和精神，全力栽培這個兒子成長，甚至還支付了昂貴的國外教育費用。我想，他對我的期望，就是至少要有一個學位吧。

當我想從南加大休學，才發現這是最難說服他的。我們差一點爆發了家庭革命，若不是後來我媽替我背書，或許也很難成功吧。

對我而言，媽媽是一個很溫柔的人，但是她總能很強壯地支撐住我，無論我想做任何決定，她都會願意在背後守候。後來，我才發現我媽總是扮演著幫我背書的關鍵角色，無論是上大學讀音樂，還有上大學一學期就說要休學，就連要回台灣作音樂都是靠我媽媽替我背書，才能成功。

我總說我的媽媽是我音樂路上最大的貴人，她就像是我的夥伴，陪著我練習，很清楚我所需要的協助並樂於提供，甚至幫我扛下了家庭責任，讓我可以無後顧之憂，專心作自己想做的事情。

從小到大，爸爸媽媽對我的教導，就是要以家庭為重，不能夠讓家人操心。我常想，我從高中時期就和大人一起在爵士樂俱樂部表演，之所以不會偏差、歪掉，或許就是他們在我心中埋下了一把尺。

所以啊，我有時候也覺得自己變成了我爸爸的樣子，雖然我還沒成家，但總是以家庭為重。

也因此，我心目中最美好的一天，總與「家」有關：早上醒來，就跟我爸一起去打高爾夫，等到我們回來，那時應該差不多十一點，我可以趁機睡個回籠覺。等到我醒來，如果那時候我已經有家庭了，那我就會和全家人一起去吃日本料理，那是我最愛的食物！吃完午餐，可以回家看電視、打麻將，反正就是一般的家庭活動，等到午後兩、三點有點睏了，放輕鬆去睡個午覺。等到再醒來，我爸媽應該就作他們自己的事，但我跟我太太會出門散散步，等到肚子餓了，再討論待會要吃什麼。等到一切都確定了，就把孩子接出來吃拉麵。回到家，晚上可以租部電影 DVD 看，就是這麼瑣碎的小事情，但卻如此完美。All about family。看完電影，就可以恩恩愛愛的一起睡覺。完美的一天！

今年過年期間，我帶著全家人去泰國旅行。大姐也帶著孩子同行，是啊，我終於有外甥女，變成舅舅了。姊夫幫我和我姐、我外甥女三個人拍了一張坐在沙灘上的照片，拍完之後，他說我們看起來真像是一家人。後來，我把那張照片上傳臉書，旁邊備註說：「我不只是好的情人，也是好的丈夫，好的爸爸。」等我們回到旅館，手機螢幕上顯示一大堆訊息、未接來電，經紀人傳來的訊息上說，台灣、中國、馬來西亞、香港各地的記者都跑來問我怎麼已經成家的事情……

老實說，那一天就是我心目中最美好的一天了，直到媒體——哈哈。

站在漁人碼頭旁看夕陽，我忽然想到了小時候的場景：小學四年級的我，離開了台灣的家，和媽媽、兩個姊姊一起在美國生活。那時候的自己，在學校感受到的痛苦和寂寞，至今回想都覺得可怕。

如果現在的我能夠回去那一個時空，我真想要告訴以前的我說：「不用太擔心，這就是一個過渡期，不用刻意做什麼。順其自然就好，以後你就會交到朋友的。如果你一直很擔心，就認真禱告吧，能跨出那一步就跨出去，只要知道那是過渡期，就會比較安心了。」

而當我剛到美國，因為語言不通而感受到痛苦與孤獨的時候，爸爸正一個人待在高雄的家，他一樣每天上班、下班、自己吃飯，那時候的他，是否也和我一樣，覺得自己很寂寞呢？

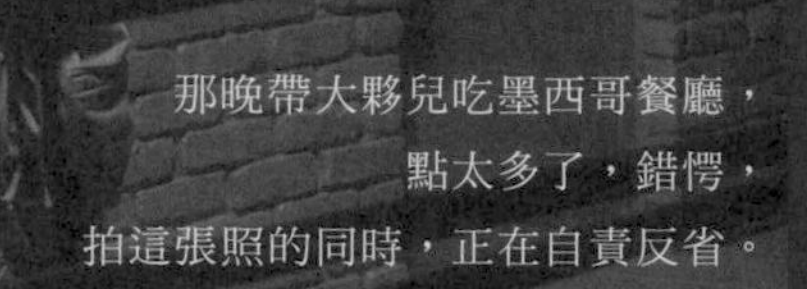

那晚帶大夥兒吃墨西哥餐廳，
點太多了，錯愕，
拍這張照的同時，正在自責反省。

BEAUTIFUL LIFE

舊　金　山　的　美　好　時　日

這是我們當晚攝影的最後一 cut，
腦裡當時只有四個字：
蛤蜊濃湯。（漁人碼頭的名產）

海特街

HAIGHT STREET

靈 感、 繆 思 或 許 都 是 愛

TRACK // 10

LP CONGA FEET
LP SPLASH CLAW

我在大學，最鼓勵我休學追尋夢想的教授，
很會打這個樂器，
他是古巴人，他有時會拿鼓棒巴人。

MUSIC CENTER
/USED
REPAIR

Hot Slices

SONY

415 ~ 871 8515
Loved To Death
ARTICULATED GALLERY

靈感、繆思，
或許都是愛

海特街（Haight St.）是靈感之街。街上的每一個人彷彿都是創作人，隨意從路邊的店鋪窺探進去，都會發現許多巧思。每一個人都有自己的態度，而他們的想法不僅透過衣著，也透過他們說話的手勢、喝水的姿態表現出來。

這裡的環境讓人充滿靈感，或許這也是為什麼有那麼多創作人都要來到這裡。我走進海特街最大的阿米巴唱片行（Amoeba Music），看著眼前那像是軍火庫一般壯觀的CD收藏，應該不只幾萬張吧！覺得好驚訝，但也覺得很幸福，因為有那麼多人的靈感發揮到了極致，才能讓我們擁有那麼多的音樂可以聽。

他們寫歌的時候，在想些什麼呢？面對靈感，這些前輩們如何思考呢？

我是樂手出身，以前的我對靈感的思考，是很理性的。理性到我所考慮的，是什麼樣的 melody 才叫做特別。我始終在追求和人不一樣的音樂，從以前到現在，我一直想要有獨特的 sound。但分析這些狀態時的自己，就不會是一個感性的人。也因此，以前的我寫歌時，儘管出發點是為了表達真實的感覺或是某些情緒，但到了最後，卻會專注在把這一首歌做成最美麗的樣子。

那樣的靈感，太理性了。

這幾年下來，我改變了。如果我寫出一首歌，就算樣子醜醜的，但若他是完全的我，那我就要留下來。如今，我想要讓大家看到完全的我，多於完美的我。過往那完全的我與完美的我之間的掙扎，似乎也告一段落了。

我不再想要炫技了。

這是一個過程，很多人都必須先經過理性的思考與創作，才能夠完全表達出感性。沒有經過這樣的磨練，一個創作者會感到很無奈，因為他明明就感受到了一些情緒，但卻因為自身技術受限，而無法好好地表達出來。所以，先理性後感性，在任何工藝、藝術或是技藝層面上，都是重要的程序。這也是為什麼小孩子學畫畫必須從技術先開始，等到這樣的技術進入他的系統之後，只要有任何的感覺，就能利用手邊的工具清楚表達出來。

靈感出現的那一刻，我人若在外面，就會拿出手機來錄音。如果我在家，就會直接製作比較完整的 demo。很多人都以為我家有鋼琴，其實我之前只有電子琴，每次有靈感了，就得打開電腦找音色作 demo。如今，我有了一台真正的鋼琴，靈感來了，只要一邊彈一邊找音，然後用紙筆紀錄下來就好。用紙筆來紀錄靈感，讓我回到比較沒有科技的狀態，比較純粹、人性一點，這樣滿好的。

每一個創作人都有不同的寫歌習慣。以我的例子來看，有些我自己很喜歡的歌，在創作的過程中，詞曲通常會一起跑出來，速度很快，而且很完整。〈世界還不錯〉這首歌雖然詞一大堆，但也是我在寫歌時一下子就寫好的。當然，也有修改很久的歌曲，不過通常不會放進專輯，可能這些歌曲天生就少了某些元素吧。

就創作靈感來說，〈好的事情〉的完成，一直是個謎。這首歌是我在飛機上靈光一閃就直接寫下來的，之後哼唱就覺得很 OK，公司的人聽了也很喜歡，歌詞也只有小修一些，但情感就是很完整。

提到靈感，或許也該提到繆思女神吧。

寫情歌的我，可能處在不同狀態。有些情歌是寫給一個人的歌，有些情歌是某人給了我某些感覺，我便用內心 OS 來回應、寫出來的情歌。當然，也有一種情歌，是我根本沒有情人時寫下來的，那種寂寞的情緒很真，也是情歌。但我自己最喜歡的，是我百分百相信真愛的狀態之下，所寫出來的情歌（畢竟感情路上一定會遭受打擊啊）。

我在百分百相信真愛的情況下，所寫下的情歌應該是〈謝謝你的美好〉和〈我的射手座女友〉，分別寫給我的第一個女朋友和第二個女朋友。我總覺得自己很幸運，有很多人一輩子都找不到真愛，但我很確定目前為止，我這輩子遇過兩個。我在遇見真愛時所寫出來的歌，都呈現了對於愛情的信仰和信念。其實《不孤獨》專輯裡，有很多歌都寫孤獨和失去，〈好的事情〉也是講一種分手後的祝福……

為什麼相信百分百愛情對我那麼重要？或許，在我的價值觀裡，這是世界上最有價值的東西，沒有東西可以比真愛更值得讓我去召喚。如果之前的感情會分手，只是因為我的智慧不夠多。我回頭去想，也都覺得是自己的錯。如果能讓我有夠多的智慧，讓我再遇到一個真愛，我就可以大聲說：「我不要再犯以前的錯誤，我要把愛延續到最後，然後和她結婚。Family first。最終就是要成家。」

或許我所有的靈感來源，都是因為愛。

老實說，能夠成為一個有能力去紀錄靈感、去創造的人，我始終覺得很幸運。我很珍惜上帝所賜予給我的音樂天賦，這表示我自己並不是多有才華，因為這一切都是被賜予。而要怎麼去運用這樣的天賦，就是我必須思考的事情。

但我很確定，我的創作不是只為了自己，而是為了愛。

I'm listening.

ten
s wall.

There will be more stories...

若我不是嚴爵。

OUTRO

Yen-I in the intersection
of Mission St. & 21st St.

站在 Mission Street 與 21st Street 的交叉口，店家霓虹燈依然閃爍，〈I lost my heart in San Francisco〉的樂音自伸縮喇叭揚起，路人紛紛停下腳步，在遠方偷偷看著我。

我繼續吹奏著，感受到音符攀附著夜風，送到了他們的耳邊，那樣私密的共鳴彷彿也傳遞到我的耳邊，從他們專心聆聽的眼神中，我找到了答案。

若我待在 USA。

凱特文化

Yen-J in San Francisco

星生活 49 **爵式人生 Lifestyle of Yen-J**

作者 嚴爵 Yen-J
經紀 相信音樂國際股份有限公司
發行人 陳韋竹
總編輯 嚴玉鳳
責任編輯 董秉哲
封面設計 萬亞雰
版面構成 萬亞雰
平面攝影 邵亭魁
攝影助理 蔡明倫
影像攝製 小朱
單曲 USA（作詞／作曲：嚴爵、編曲／製作：爵隊製作、OP：相信音樂國際股份有限公司、TWK231488858）
化妝 丁詩穎
髮型設計 KENNY（HEADLINE）
造型設計 曹偉康（PAUL）
協力製作 小蕊、阿喵、陳夏民
企畫統籌 凱華
行銷企畫 陳泊村

相信MUSIC

只要相信得絕對
什麼都可能做到

印刷 通南彩色印刷事業有限公司
法律顧問 志律法律事務所・吳志勇律師
出版 凱特文化創意股份有限公司
地址 新北市236土城區明德路二段149號2樓
電話 02・2263・3878
傳真 02・2236・3845
劃撥帳號 50026207凱特文化創意股份有限公司
讀者信箱 katebook2007@gmail.com
部落格 blog.pixnet.net/katebook
經銷 聯合發行股份有限公司
負責人 陳日陞
地址 新北市231新店區寶橋路235巷6弄6號2樓
電話 02・2917・8022
傳真 02・2915・6275
初版 2014年12月
ISBN 978・986・5882・85・3
定價 新台幣399元

國家圖書館出版品預行編目資料 | 爵式人生／嚴爵 著.
──初版. ──新北市：凱特文化，2014.12 200面；19 × 26公分.
（星生活；49） ISBN 978-986-5882-85-3（精裝） 855 103021393

感謝 thetsaio AQUAGEN Deep Ocean Sparkling Water

爵
式人生。

爵式人生。

行旅別冊

San Franci

舊金山位處北加州，舊金山半島北端，東臨舊金山灣，西臨太平洋。由於受到太平洋加利福尼亞寒流影響，屬於涼夏型地中海式氣候，夏季的日高溫通常只有攝氏 20 度左右，每年 9 月是最暖和的月份，也因鄰近海灣，夜晚和清晨容易有霧，但夏季降雨極少，雨季為每年 1 ～ 4 月。

舊金山是北加州與舊金山灣區的商業與文化發展中心，亦是極受歡迎的旅遊地區，以涼爽多霧的氣候、丘陵地形、風格多元的建築聞名，當地的每個地區都有獨特的人文風情與個性。旅遊業為舊金山的經濟骨幹，主要特色包括市區與周圍城鎮皆以橋梁相連、舉世聞名的有軌纜車系統、著名電影拍攝場景以及大量外來移民（義大利人、西班牙人、日本人、華人等等）的文化融合與熱情。

充滿自由與繽紛色彩的舊金山，是美國西岸最美麗的一道光影，生活在舊金山，將心歸於平靜，以日光與黑夜細細劃分每分每秒的細緻精彩。每一條街道巷弄，有自己的名姓與風格，不分晝夜，建議隨意揀選一條喜愛的路線，隨心所至往前走下去。舊金山沿途的生活景致一如各異的音樂曲風，有強烈個性亦有交流，在這個允斥著各類藝術創作者的城市裡，無處不是得以汲取與發想的靈感，這是生活中的舊金山，亦是舊金山式生活。

感謝
thetsaio 机植之丘
AQUAGEN Deep Ocean Sparkling Water
THERMOS. QUALITY SINCE 1904 膳魔師
COPLAY
ROYAL ELASTICS
MONSTER
中華航空 CHINA AIRLINES
KIUS 高仕皮包
Big City

NO
TURN
ON
RED

瓦倫西亞街

Valencia St.

觀光客穿梭在個性小店，塗鴉客在巷弄裡努力創作，偶有 homeless 的人推車走過，這是瓦倫西亞街，藝術家群聚的角落。這裡的空氣有一種獨特的魔力，鼓舞著每一個人變成街頭藝術家。

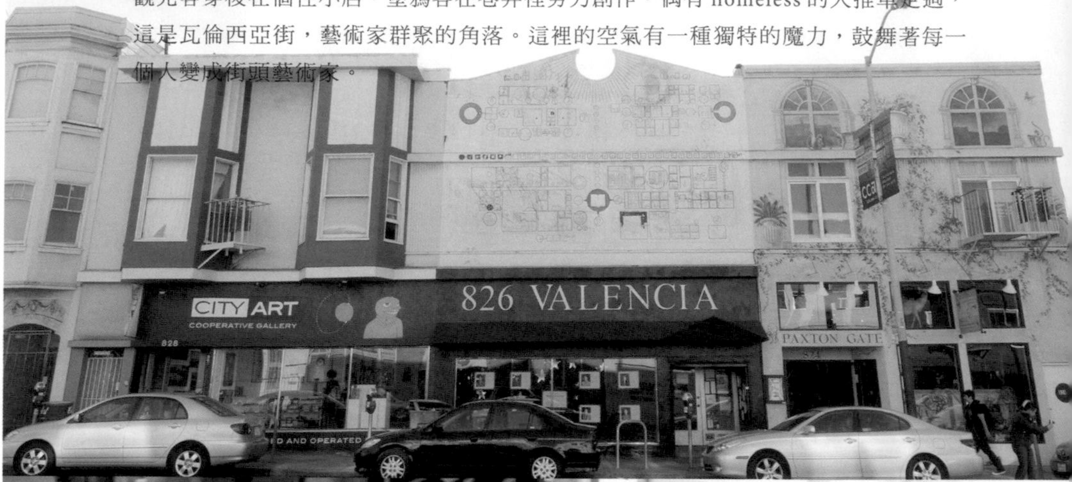

聯合廣場

Union Square

聯合廣場，腹地寬廣的區域並由四周延伸而去形成豐富的購物街區，目前是美國西部百貨公司、高檔精品店、旅遊飾品店、藝術畫廊和沙龍最集中的區域之一，是舊金山吸引遊客的主要地點之一。

天使島
Angel Island

高中的時候，喜歡和朋友到天使島（Angel Island）探險。必須搭一段時間的船才能抵達，到了那邊，則要在最後船班開走之前，把握時間好好騎著腳踏車，在陽光下流汗探險，觀覽整做遺世獨立的小島，以及她帶來的溫柔與抒情。

貝克海灘

Baker Beach

夏天一到，我會和同學到貝克海灘玩水，懶洋洋地曬著太陽，玩bodysurfing。但我最喜歡的，是看著沙灘上，很多爸爸媽媽帶著小朋友們一起到海邊玩耍，小朋友把小貝殼東西埋入沙子裡，彷彿正在放置自己的時空膠囊一般，讓記憶停留在美好的陽光之下。

漁人碼頭

Fisherman's Wharf

碼頭的夕陽很美，有一種很奇怪的黃金感覺，看著火輪般的太陽貼近地平線，橘紅色的光線好像是活的，會一條一條爬上大海的波浪搖晃。這時候，往往會看見許多來自不同國家的觀光客，緩緩往著各個方向走去，享受著愜意、無爭的生活。

海特街
Haight Street

靈感之街，街上的每一個人彷彿都是創作者，隨意從路邊的店鋪窺探進去，都會發現許多巧思。每一個人都有自己的態度，而他們的想法不僅透過衣著，也透過說話的手勢、喝水的姿態表現出來。這裡充滿靈感，或許也是為什麼有那麼多創作人到此朝聖的理由。

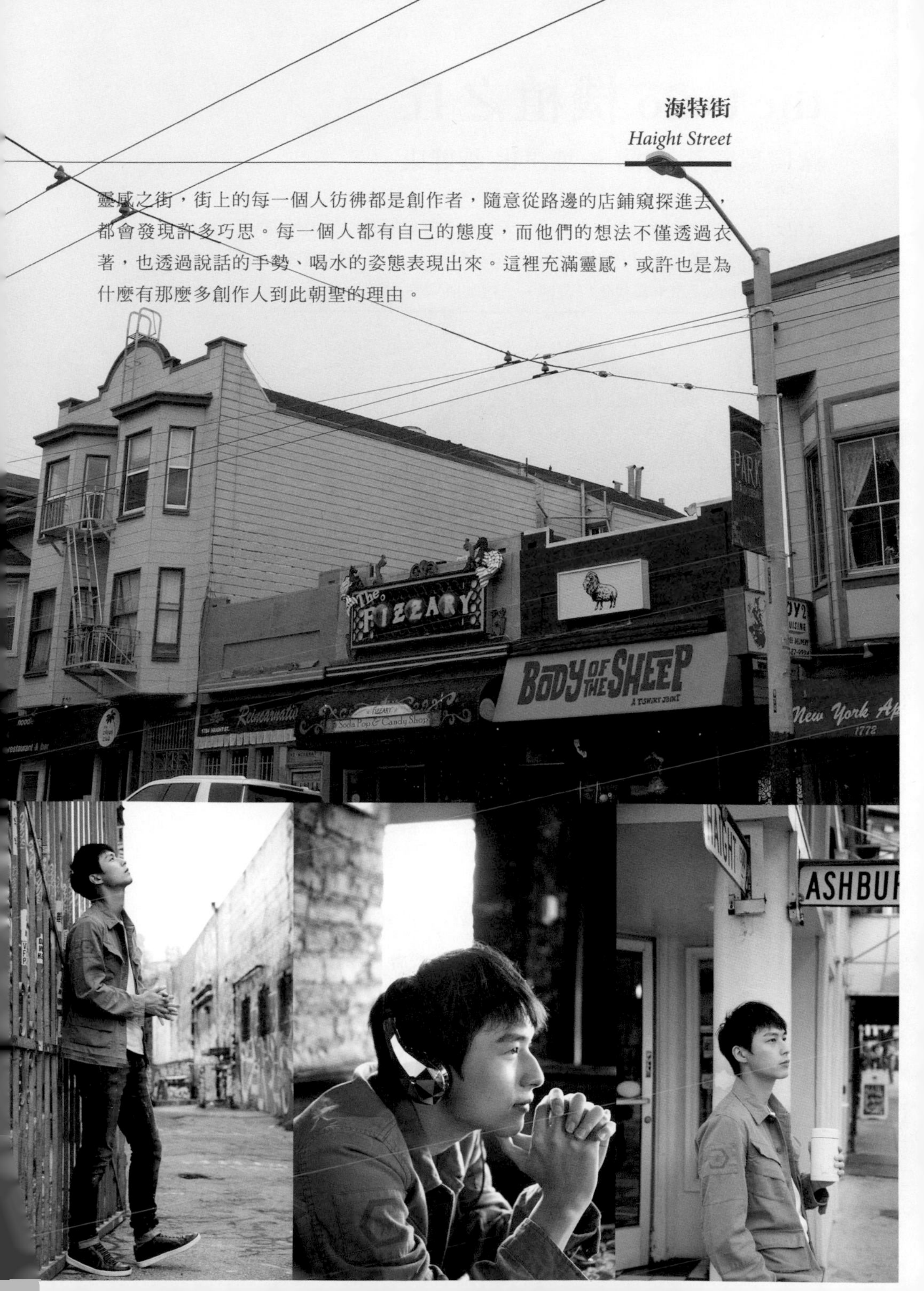

the tsaio 機植之丘——

深信越純萃 越簡單 越淨化 越健康

機植之丘以植萃成分療癒肌膚瑕疵，天然成分香氛同時療癒因忙碌而受紛擾的心靈，並可有效舒緩臉部、身體肌膚和頭皮的不適感，同時以質純的精油來替代化學香精，不增加肌膚負擔。

防曬美白潤色底乳（低油輕透感）SPF46+++

來到海邊最怕被刺眼的陽光曬傷皮膚，這時我會擦上機植之丘防曬美白潤色底乳，它有天然植萃舒緩因子，可安撫不穩定肌膚，更可隔離強烈紫外線，避免因日曬所形成的細紋、曬斑、雀斑，預防肌膚曬黑、曬傷。而它的補水保濕因子，也可幫助我的肌膚提升防護力。

我平時到海邊玩不會化妝，但這次為了拍照有上妝，本來擔心可能太陽曬一曬流汗就掉妝了，還好這款底乳有低油配方，水嫩清爽，讓我妝感透明水嫩、服服貼貼，肌膚嫩白透亮一整天！

對純淨的堅持，如同螢火蟲對純淨無汙染的堅持

多年前機植之丘團隊實境走訪紐西蘭懷多摩螢火蟲洞棲息秘境，當地無污染的水源、無光害的鄉村風景，遠離工業汙染和都市喧囂，激發靈感以草本為基底的保養概念，添加最純淨的有機萃取，無添加化合防腐成分，一整瓶滿是源自大自然的精華，連螢火蟲都愛呢！因此螢火蟲與純潔無污染，也代表了品牌概念。

有機保養，其實很簡單

舊金山對我來說，就跟紐西蘭鄉村一樣，是一個不這麼工業化的浪漫城市，因此回到舊金山拍照，標榜最純淨、取自天然、善待肌膚、符合環保概念的機植之丘，正是提供我擁有好氣色的最佳利器。老實說，以前我總覺得「有機保養」聽起來就很麻煩，但代言了機植之丘，才知道做有機保養，其實很簡單。

野萊姆頭皮潔淨液

只要出門工作，我的頭髮幾乎都會被噴上一堆髮膠、定型液等東西，所以收工回家，我喜歡用機植之丘野萊姆頭皮潔淨液，好好洗淨我的頭皮。
特別的是，它添加香氛純精油，讓我在家就可做頭皮 SPA。野萊姆頭皮潔淨液含有植物精油與天然植物質純精油萃取，不添加香精，不會造成我的頭皮負擔，且有舒緩及潔淨的作用。

戀戀熱情沐浴乳（玫瑰 / 玫瑰草）

洗完頭髮，當然就是好好洗個澡放鬆一整天的辛勞，機植之丘戀戀熱情沐浴乳是我最好的選擇。它含有玫瑰花精、玫瑰草精油與有機認證的綠茶萃取，可以使我肌膚放鬆，提高肌膚保水度，糖基海藻糖可柔滑肌膚，無染色的天然質地，守護我的肌膚健康，讓肌膚擁有光滑細緻的水嫩觸感。
說著說著，拍照一天好累喔，我想快點去洗澡了！

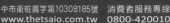

thetsaio
机植之丘
謙卑向自然
野萊姆頭皮潔淨液
尤加利葉頭皮去角質凝膠
從頭開始
草本深層潔淨，精油天然舒緩，
頭皮也開始呼吸了。好氣色從頭開始！
品牌代言 嚴爵
專櫃：台中新時代購物中心1F、高雄大遠百5F、屏東環球購物中心1F
網路購物
PChome
博客來
有機成分均有國際認證
絕不使用SLES化合起泡劑 永續美好生活
堅持天然成分95%以上，產品愉悅香氛源自質純精油，非香精
尊重生命 不做動物測試
支持綠色環保運動
包材可資源回收
中市衛粧廣字第10210267號
www.thetsaio.com.tw
消費者服務專線
0800-420010

擁抱・愛・地球

HUG・LOVE・EARTH

“沒有任何一個擁抱該被忘記，每個擁抱都閃耀著動人的祕密。”

——摘自幾米作品《擁抱》

曾經在音樂創作的道路上迷途，曾經不斷調整變換前進的方向，
如今的嚴爵透過擁抱音樂，一步步踏實地邁出腳步。
從小時候遇見爵士，擁抱創作的夢想；
從跟隨老師學習音樂，擁抱對未來的希望；
從祕密基地的歡喜練習中，擁抱譜曲的快樂；
從被家人的接受肯定中，擁抱選擇的自由；
從現今不遲疑的堅定步伐中，擁抱著對世界的大愛。

與您，擁抱・愛・地球。

百年來持續擁抱溫暖的 THERMOS 膳魔師，
邀請您同來擁抱地球，
每一個擁抱都能創造希望的果實，
每一個行動都將成為凝聚未來的力量。

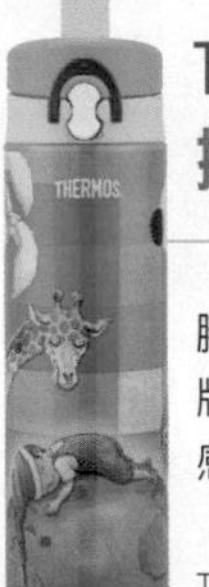

THERMOS 膳魔師╳幾米 SPA
擁抱系列 熱情登場

膳魔師使用繪本作家幾米的圖像推出品牌聯名款保溫瓶，從瓶身便傳遞出溫暖且感動人心的力量。

THERMOS 膳魔師真空保溫瓶
幾米「擁抱」系列—擁抱地球篇／擁抱獅子篇
500ml／單支定價 1,600 元

愛家，就從傳遞溫暖開始！

“THERMOS”源自希臘文，為“熱”之意涵。
1904 年於德國柏林將世界首創的“玻璃內膽真空保溫瓶”商品化，
並將此品牌命名為“THERMOS”，THERMOS 以保持溫度為使命，
陪伴著我們的生活至今，已有 110 年的歷史。

在不同的重要時刻，THERMOS 膳魔師持續創新，
為人們的生活帶來更節能、更便利的創意。
不僅能長效保存飲品的美味與溫度，並傳遞家人的永恆溫情，
極超輕保溫瓶的簡約曲線與單手拇指按壓開啟，
輕鬆享受隨時隨地、想喝就喝的輕便，
還能製作簡易健康的燜燒料理，守護自己與家人的健康！
讓家中的每一份子，都因溫暖而凝聚在一起。

THERMOS 膳魔師 110 週年
One Touch 極超輕珍藏版

運用 1904 年 THERMOS 全世界第一支玻璃內膽真空保溫瓶瓶身圖騰，
及 1950～1980 年盛行的蘇格蘭風 MacPherson 格紋，
並結合 THERMOS 最新高真空斷熱科技，升級改版榮耀登場。

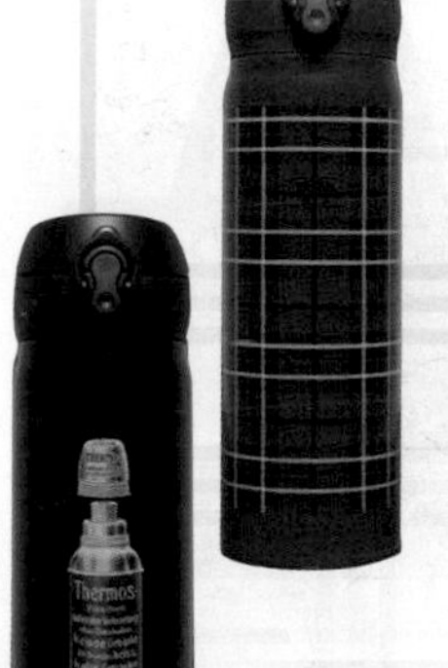

THERMOS 膳魔師極超輕保溫瓶
全球首支發明瓶篇 / 蘇格蘭風經典篇
500ml/ 單支定價 1,700 元

大女孩
新生活提案

COPLAY

**************** x ****************

OnlyTwo

www.coplay.com.tw

扮裝派對｜束口袋

扮裝派對｜輕旅側背包

扮裝派對｜托特包

❤「即將邁入30歲的女孩，一定要忠於自我。」

「隨著年紀我們必須學習更柔軟內斂，
也因為這樣，我認為心中那個原原本本的自己更為可貴。
不能因為別人的期待忘記了自己曾經的執著、熱愛的事物，而捨棄想要的生活。
就像畫畫對我來說，跟空氣一樣重要，我沒辦法想像有一天不畫畫了。」

- 新一代當紅插畫家 另類俏皮女孩 Only Two

❤ Only Two創作了的4個女孩：獨角獸、氣質兔、淘氣貓、熊寶貝
分別代表不同類型的大女孩。由她們去詮釋大女孩新生活提案，
提醒女孩們長大後仍然要忠於自己－擁抱執著，慢活以及熱情的核心態度。

全館9折優惠券
恕不可重複抵用
COPLAY 設計包

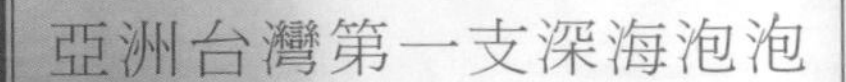

亞洲台灣第一支深海泡泡

AQUAGEN

誕·生

取用太平洋深層海水，
感受來自海洋的徜徉恣意感

搭著火車沿著海岸線前進，窗外的一大片海是美麗的風景，桌上擺著一罐 AQUAGEN 氣泡水，讓人感受到來自海洋的氛圍。

AQUAGEN 取用太平洋海洋深層水，還原深海及礦元素的營養，更被譽為二十一世紀的深海藍金，這不僅僅是氣泡水，而更是一種生活態度與永續健康。配合生活 Lifestyle 簡單品味、恣意隨性的行為，不僅食衣住行都可以與 AQUAGEN 搭配外，更傳達一種熱愛生活、徜徉自然的俐落態度。

完全了解人的身體需求及能量，活出好氣色

帶著簡單的生活態度，開心迎接海洋，換上輕便服裝，輕鬆自在走在沙灘上，當你看到太陽灑在蔚藍水色上面，心情一定豁然開朗。舊金山的海邊，充滿青春氣息。

大口喝下 AQUAGEN 氣泡水，頓時讓海邊的旅人暑意全消，有如沉浸在大海裡的清涼。海洋深層水被國際視為重要的海洋資產，對於人體機能體內酸鹼平衡、有助身體代謝、食慾控制及補充體力恢復、活出好氣色。

AQUAGEN 就是這麼一個完全了解人的身體需求及能量的深層海洋氣泡水。它是與生俱來的驚艷產物，來自深層海洋的獨特魅力。太平洋島嶼群未經污染的海洋環境深受潛水者的喜愛，熱衷於潛水的創始人在一次深潛中，因一時失誤掉落於危險的深層海域，雖害怕生命受到威脅，但環顧四周卻發現海水清晰無比與龐大魚群環繞，對於此清澈水質驚嘆不已，從此開啟了 AQUAQEN 海洋深層水的研發歷程，並賦予全新氣泡口感，讓深層海洋的有機礦物元素能完整保留，並有效被人體吸收。

AQUAGEN
Deep Ocean Sparkling Water
330ml

ROYALELASTICS

MONSTER
MONSTER SUPERSTAR
防水藍牙喇叭
SIZE
DOES
MATTER
MONSTER®
SUPERSTAR
High-powered Portable Wireless Speaker and Speakerphone.
aptX
csr
Bluetooth®
Monster 魔聲頂級耳機

KIUS®
高仕皮包
WIND™
Discoverying Beyond Idea
台灣製
Wind Luggage
WIND風之旅者硬殼旅行箱
日本工藝・台灣製造・三年保固
www.kius.com.tw
高仕皮包粉絲團
三民店：04-22244619　自由店：04-22247949　河南店：04-24529627　美術館店：04-23762916　左營店：07-556416

凱特文化